CB073614

Disney
ENCANTO

Esta é a família Madrigal!

Casita

Casita é a casa mágica onde mora a família Madrigal. É um milagre escondido nas montanhas da Colômbia, em um lugar mágico chamado Encanto. Como um membro da família, Casita está sempre presente para ajudar, seja arrumando a mesa de jantar, mudando uma escada de lugar ou simplesmente balançando uma persiana para dar um oi!

🦋 Estas são Mirabel e sua avó, Abuela Alma.

Mirabel

Mirabel é a única da família Madrigal que não possui dons mágicos. Brilhante e engraçada, ela vive procurando maneiras de provar o próprio valor e de expressar seu amor por sua grande e maravilhosa família.

Abuela Alma

Abuela Alma é a avó e matriarca da família Madrigal. A magia do Encanto abençoou sua família com dons mágicos. Ela ama profundamente os familiares e sempre quer o melhor para eles.

Antonio é primo de Mirabel.

Antonio
Calmo e gentil, Antonio era meio tímido até receber seu dom mágico, quando completou cinco anos. Ele tem a habilidade de se comunicar com os animais, e seu quarto é uma bela floresta tropical.

🦋 Luisa e Isabela são as irmãs mais velhas de Mirabel.

Luisa

Luisa é superforte, e sua família pode contar com ela para tudo. Seja para mudar o curso de um rio ou para mover uma igreja inteira, Luisa está sempre pronta para ajudar.

Isabela

Isabela cria lindas flores por onde passa. Graciosa e equilibrada, ela parece perfeita em todos os sentidos e se dá bem com todo mundo – exceto com Mirabel.

Julieta e Agustín são os pais de Mirabel.

Julieta

Julieta tem o poder de curar lesões físicas usando comida, como as típicas *arepas con queso*. Ela é calorosa e gentil, especialmente quando Mirabel se sente excluída por não ter um dom mágico.

Agustín

Agustín casou-se com Julieta e, por não ter nascido na família Madrigal, não tem poderes mágicos próprios. Ele é atencioso, solidário e sempre disposto a ajudar a família, apesar de se envolver em muitos acidentes.

🦋 Pepa e Felix são os tios de Mirabel.

Pepa

Pepa foi presenteada com a habilidade de alterar o clima usando suas emoções. Quando está preocupada, ela conjura um pequeno tornado que atravessa o Encanto.

Felix

Felix é um marido e pai dedicado. Como Agustín, ele também não nasceu na família Madrigal e não tem poderes. Com sua natureza extrovertida, é o centro das atenções de todas as festas na Casita.

Dolores e Camilo são primos de Mirabel e irmãos de Antonio.

Dolores

Dolores tem uma audição extremamente apurada e sempre sabe o que está acontecendo no Encanto. É impossível esconder um segredo dela!

Camilo

Camilo é um metamorfo. Muitas vezes, ele adquire a aparência de outras pessoas para ajudar na Casita e no resto de Encanto.

🦋 Bruno é tio de Mirabel.

Bruno

Bruno tem a habilidade de ver o futuro. Ele deixou a família depois que Mirabel não recebeu um dom mágico. As visões dele assustavam as pessoas, e a família acreditava que ele fazia coisas ruins acontecerem. Agora, os familiares se recusam a falar sobre ele.

Disney
ENCANTO

Copyright © 2023 Disney Enterprises, Inc.
Copyright © Editora Planeta do Brasil, 2023
Copyright da tradução © Karina Barbosa dos Santos, 2023
Todos os direitos reservados.
Título original: *Encanto: The Junior Novelization*

Preparação: Laura Folgueira
Revisão: Algo Novo Editorial
Diagramação: Márcia Matos
Adaptação de capa: Beatriz Borges

Dados Internacionais de Catalogação na Publicação (CIP)
Angélica Ilacqua CRB-8/7057

Cervantes, Angela
  Encanto: o livro do filme / Angela Cervantes; tradução de Karina Barbosa dos Santos. - São Paulo: Planeta do Brasil, 2023.
  160 p.: il.

ISBN 978-65-5535-913-8
Título original: Encanto: The Junior Novelization

1. Literatura infantojuvenil I. Título II. Santos, Karina Barbosa dos

23-0398   CDD 028.5

Índice para catálogo sistemático:
1. Literatura infantojuvenil

Ao escolher este livro, você está apoiando o manejo responsável das florestas do mundo

2023
Todos os direitos desta edição reservados à
EDITORA PLANETA DO BRASIL LTDA.
Rua Bela Cintra, 986, 4º andar - Consolação
São Paulo, SP – 01415-002
www.planetadelivros.com.br
faleconosco@editoraplaneta.com.br

DISNEY
ENCANTO

O livro do filme

Adaptação: Angela Cervantes
Tradução: Karina Barbosa dos Santos

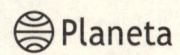

🌐 Planeta

Prólogo

O brilho dourado da vela preenchia o quarto, enquanto uma garotinha e sua avô se abraçavam bem forte. As chamas dançavam diante dos olhos da garota, que os mantinha fechados.

— *Abre los ojos...* — disse a *abuela*, olhando com amor para a netinha. — Abra os olhos.

A garotinha, chamada Mirabel, abriu os olhos e viu uma vela mágica encantadora, repleta de brilho e magia.

— É essa vela que traz a nossa mágica? — perguntou ela para a avó.

— Isso mesmo. Esta vela é a guardiã do milagre dado à nossa família.

— E como foi que recebemos um milagre?

A *abuela* colocou um braço por cima do ombro de Mirabel, e a vela brilhou ainda mais forte. Conforme a avó contava a história do milagre, Mirabel visualizava tudo nas chamas da vela: em seu humilde lar, a jovem Abuela Alma e seu esposo, Pedro, observavam maravilhados os três filhos recém-nascidos. Em uma mesa ali perto, a vela brilhava à meia-luz.

De repente, um clarão forte explodiu do lado de fora da casa. Os sorrisos no rosto do jovem casal encantado desapareceram.

— Há muito tempo, quando meus três bebês tinham acabado de nascer, seu *abuelo* Pedro e eu fomos obrigados a fugir de nossa casa.

Pedro, segurando a vela, guiava um grupo de pessoas aterrorizadas que o seguiam através de um lindo rio.

— E embora muitos tenham nos acompanhado, com a esperança de encontrar um novo lar, não conseguimos escapar dos perigos… e seu *abuelo* se perdeu.

Os olhos de *abuela* brilhavam à luz das velas enquanto ela se lembrava da noite em que sua jovem família fugiu da violência que tomou conta da cidade.

Ouvindo a história de sua avó, Mirabel se

aconchegava, preocupada com as famílias. Ela conseguia ver as pessoas atravessando um rio juntas. De repente, Pedro olhou para trás. Seu olhar esperançoso se transformou em preocupação. O perigo estava atrás deles, e ele não teve escolha a não ser enfrentar a situação e proteger sua família. Ele olhou nos olhos de sua esposa com amor, entregou-lhe a vela e saiu para enfrentar a ameaça.

A chama da vela diminuiu, e a escuridão se aproximou. A jovem Alma sabia que algo terrível havia acontecido. Pedro não voltaria.

Cheia de tristeza, ela se ajoelhou à beira do rio e rezou com a vela à sua frente. Quando tudo parecia perdido, a vela de repente piscou. Viva, brilhante e forte. E então borboletas, cheias de luz, rodopiaram e baniram a escuridão. A terra tremeu e montanhas se ergueram, formando um vale protetor ao redor das famílias.

— A vela tornou-se uma chama mágica que nunca poderia se apagar e nos abençoou com um refúgio para vivermos. Um lugar de maravilhas… um Encanto — disse Abuela. — O milagre cresceu e nossa casa, nossa Casita, ganhou vida para nos abrigar.

As orações da jovem Alma foram atendidas. A vela ficou mais brilhante e, da terra, formou-se uma casa magnífica. De repente, ela se viu com seus trigêmeos no pátio de uma casa espetacular, tão viva quanto eles! A casa os recebeu batendo as persianas. Os bebezinhos gritaram, fascinados.

— Quando meus filhos tinham idade suficiente, o milagre abençoou cada um com um dom mágico para nos ajudar — continuou Abuela Alma. — E quando os filhos deles tinham idade suficiente...

— Eles também receberam um dom mágico! — interrompeu Mirabel, sorrindo animada.

Mirabel viu os três bebês, agora com cinco anos, cada um na frente da própria porta. A vela mágica os guiou para receber seus dons especiais. Quando eles tocaram a maçaneta, uma luz brilhante irradiou, preenchendo cada um deles com um dom mágico. A casa rapidamente criou quartos que combinavam com seus dons especiais.

— Isso mesmo. E, juntos, os dons mágicos fizeram de nossa comunidade um paraíso.

Com a magia, a paisagem selvagem que cercava a casa transformou-se em uma terra ensolarada. Altas palmeiras de cera se estendiam em direção ao céu azul, e exuberantes árvores frutíferas e flores coloridas desabrochavam o ano todo. E tudo começou com o sacrifício de Abuelo Pedro para proteger a família.

Mirabel olhou com admiração para a vela. Como algo tão pequeno podia ser tão poderoso?

Sua *abuela* a aconchegou, explodindo de orgulho.

— Hoje à noite, esta vela lhe dará seu dom, *mi vida*. Fortaleça nossa comunidade, fortaleça nossa casa. Deixe sua família orgulhosa.

— Deixar minha família orgulhosa — disse Mirabel com a voz firme.

Fogos de artifício explodiram do lado de fora, e a casa sinalizou que era hora de começar.

— Sim, sim, Casita, estamos indo — Abuela riu.

A casa entregou os sapatos para Mirabel. Estava tão animada com aquele grande momento quanto a garotinha. Quando Abuela e Mirabel pararam na frente da porta, elas deram as mãos.

— Qual você acha que será meu dom? — Mirabel perguntou para Abuela.

Abuela se inclinou para Mirabel.

— Você é uma maravilha, Mirabel — disse ela, exalando amor e orgulho. — Qualquer dom que você receber será tão especial quanto você.

Mirabel segurou a vela nas pequenas mãos. Ela podia sentir o calor e as possibilidades. Estava pronta para receber seu dom e deixar a família orgulhosa!

Capítulo
um

Anos depois, quando tinha quinze anos, Mirabel acordou cedo, ansiosa para viver aquele dia especial. Havia tanto a ser feito para o dia da cerimônia do dom de seu priminho! Ela corria tanto pelo quarto para se vestir que a casa mal conseguia acompanhar! Casita deslizou os sapatos e óculos de aro verde na direção de Mirabel, e quase não conseguiu pegar a camisola da garotinha, que rapidamente vestiu a saia e blusa bordadas. Agora ela estava pronta!

A porta do quarto se abriu.

— Fique calma — Mirabel disse para si mesma, então respirou fundo. — Você consegue.

A casa rapidamente a empurrou escada abaixo, passando por um retrato de Abuelo Pedro, que ela só conhecia pelas histórias de Abuela. Na foto, ele era jovem e muito bonito.

— Bom dia, Abuelo.

Mirabel começou a pôr a mesa na sala de jantar. Enquanto ela organizava as coisas, a casa se mexeu, abrindo as persianas para deixar entrar os raios dourados da luz do sol. Do lado de fora, um enxame de crianças animadas da aldeia se reunia na janela, ansiosas pela grande festa daquela noite. Para elas, a cerimônia do dom da família Madrigal era um grande evento. A cidade inteira ansiava por isso e queria comemorar.

Enquanto Mirabel se preparava para o café da manhã, as crianças animadas gritavam perguntas da janela.

— Ei, quando a mágica vai acontecer?! — gritou um garotinho.

— A cerimônia do meu primo é hoje à noite — respondeu Mirabel com calma, continuando a organizar a mesa. Era importante que ela ajudasse o máximo possível.

Hoje era um grande dia para a família dela.

— Qual é o dom dele? — gritou o mesmo garotinho, erguendo uma xícara de café.

— Nós vamos descobrir — disse Mirabel.

— Qual é o seu dom? — perguntou outra criança.

— Quem quer saber? — provocou Mirabel, sem parar seu trabalho nem por um segundo.

— Nós! — disse o menino, gesticulando para as outras três crianças que estavam com ele.

— Bem, querido "nós", se eu contar só a minha parte, você não saberá a história toda — respondeu Mirabel.

Desta vez, todas as crianças concordaram.

— Qual é a história toda?

— Ah, vocês não vão me deixar em paz, não é? — ela disse, voltando para seu quarto.

Para contar a história toda às crianças, Mirabel tinha que contar tudo sobre sua família e os dons mágicos. E ela precisaria de uma ajudinha da Casita.

Casita estava sempre disposta a ajudar Mirabel e o resto da família Madrigal. Eles tinham uma relação especial, e cada dia era uma nova aventura na casa mágica.

Pronta para contar a história, Mirabel voltou a atenção para as gavetas ao longo da parede.

— Gavetas! — disse ela. No mesmo instante, elas se abriram para Mirabel, que continuou: — Piso! — As tábuas do piso subiram e desceram,

como se estivessem cumprimentando a menina.
— Portas! — disse ela, e todas as portas dos quartos da casa brilharam com magia. — Vamos lá! — gritou Mirabel.

Apressando-se, ela e a casa uniram forças para acordar todo mundo. Logo, todos os membros da família Madrigal correram para se vestir e fazer um lanche rápido. Quando a família estava pronta, todos foram para a cidade para se prepararem para o dia especial. As crianças se reuniram na frente da casa para ver os mágicos Madrigal passarem.

— Ah, meu Deus, são eles! — gritaram, apontando. — Quais são os dons?! O que ele faz? O que ela faz?

Mirabel sorriu de forma graciosa. Então, pensou que as crianças já haviam esperado o suficiente.

— Tudo bem, tudo bem, fiquem calmos — disse ela.

— É praticamente impossível ficar calmo! — gritou o garotinho que estava segurando a xícara de café. Mirabel olhou para ele, preocupada.

As outras crianças se manifestaram:

— Queremos saber tudo! Quem consegue fazer o quê? Quais são seus poderes?

O garotinho com a xícara de café ficou vermelho e gritou mais alto:

— Apenas nos diga o que todos conseguem fazer!

— E é por isso que café é bebida de gente grande! — disse Mirabel, pegando o *cafecito* dele.

Enquanto as crianças seguiam Mirabel pela cidade, passaram por um belo mural com uma pintura de Abuela com seus trigêmeos: Pepa, Bruno e Julieta. Mirabel explicou que eles tinham sido os primeiros a receber os dons mágicos. Tia Pepa recebeu o poder de controlar o clima com seu humor. Quando ela está feliz, o sol brilha por dias. Quando está triste... é melhor pegar o guarda-chuva! Tio Bruno tem o poder de saber o futuro. Ele misteriosamente deixou a família há muito tempo, e agora ninguém fala sobre ele. Em seguida, Mirabel apontou a mãe, Julieta. Ela consegue curar qualquer ferimento ou doença com sua comida. Enquanto Mirabel e as crianças passavam correndo, sua mãe servia *arepas* para uma longa fila de pessoas que estavam sofrendo de vários males.

Ao redor de Mirabel, a cidade fervilhava de ação e alegria. Crianças de camisa de time jogavam futebol. Do outro lado da rua, um grupo brincava com um barulhento jogo de *tejo* colombiano. Cada vez que um jogador atingia o alvo com uma pedra, havia um estouro alto e todos aplaudiam. No mercado, os compradores pechinchavam com vendedores animados, atrás do melhor desconto nas *hormigas* de Santander e velas.

As crianças continuaram a seguir Mirabel pela cidade enquanto ela apontava para os membros da família. A seguir vinham seu atencioso pai, Agustín, e o mais animado da festa, Tio Felix. Nenhum dos dois tinha poderes mágicos especiais, pois não eram Madrigal de nascença, e sim casados com membros da família. Quanto a Abuela Alma, ela era a Madrigal mais reverenciada de todas! Toda a aldeia a amava e respeitava porque ela garantia que a família usasse seus dons mágicos para o bem da *comunidad*. Enquanto Abuela e a família corriam pela cidade, ajudando as pessoas com uma variedade de tarefas, os cidadãos os anunciavam com respeito e adoração.

— Abram o caminho para a família Madrigal! — gritou um aldeão.

— É um grande dia! — exclamou outra pessoa.

— Boa sorte hoje à noite! — disse outro.

Mirabel fez uma pausa para dar uma longa olhada em sua família mágica. Ela estava ansiosa para deixá-los orgulhosos.

— Espere! — gritou uma das crianças, observando a família passar. — Quem é a irmã? Quem é primo?!

— Como você não confunde todo mundo? — perguntou outro garoto, quase sem acreditar no que via.

Mirabel encarou as crianças com uma faísca de diversão por trás dos óculos enormes.

— Ok, ok, ok, ok... — dizia ela. À medida que as crianças se aproximavam, ela identificou seus três primos e suas duas irmãs, e os dons mágicos de cada um.

A prima Dolores conseguia ouvir até um pequeno alfinete cair. Não seria nada bom sussurrar os próprios segredos perto dela! O primo Camilo era um metamorfo, o que era irritante para as pessoas nas quais ele se transformava! E o primo Antonio, bem, ele ainda não tinha um dom, mas receberia o dele hoje.

Mirabel apontou suas duas irmãs mais velhas: a graciosa Isabela e a forte e responsável Luisa.

Isabela era a Senhorita Perfeita da família. Ela podia fazer flores desabrocharem de repente, com um movimento delicado dos dedos. Todos adoravam Isabela, inclusive o lindo Mariano, que estava naquele exato momento olhando para ela com olhos arregalados e amorosos.

Luisa era superforte e responsável. Seus bíceps eram tão grandes quanto seu coração bondoso. Alguém precisa mudar uma palmeira de lugar para ter uma sombra melhor? Sem problemas! É só chamar a Luisa! Uma igreja está virada para o lado errado? Não é problema nenhum para Luisa! Nenhum pedido era demais para ela.

Assim que Mirabel terminou de descrever os dons mágicos de suas irmãs e primos, os sinos da cidade tocaram. Era hora de a família voltar para casa.

Abuela abriu um sorriso, satisfeita com todo o trabalho que havia sido realizado. Então, chamou todos:

— Família, vamos nos preparar!

— Vamos, pessoal! — Luisa gritou.

Em um piscar de olhos, a família se reuniu e foram todos juntos para casa. Mirabel correu para acompanhá-los.

— Mas qual é o seu dom? — perguntou uma garotinha, parando Mirabel, que estava prestes a entrar na casa e escapar das questões de uma vez por todas.

Mirabel tentou enrolar um pouco e dar uma resposta inteligente, mas Abuela Alma apareceu na porta.

— O que você está fazendo? — Abuela Alma perguntou.

— Ah... é que... — Mirabel gaguejou. — Eles só estavam me perguntando sobre a família e...

— Ela estava prestes a nos contar sobre seu dom superincrível! — exclamou uma das outras garotinhas. Abuela olhou para Mirabel, confusa.

— Ah, Mirabel não recebeu um dom — respondeu Dolores, surgindo do nada. Mirabel estremeceu.

Ela deveria ter percebido que Dolores a ouviria. Pensando que tinha sido útil, a prima de Mirabel sorriu e voltou para o que estava fazendo antes. Mirabel olhou para Abuela Alma, que balançou a cabeça decepcionada e foi embora.

As crianças olharam para Mirabel como se tivessem sido enganadas.

— Você não ganhou um dom? — perguntou a primeira garotinha, olhando para Mirabel com olhos tristes.

Mirabel estava começando a responder quando um homem e um burro se aproximaram.

— Ah...

— Mirabel! Entrega! — o homem chamou. No mesmo instante, ele encheu os braços da menina com uma cesta de suprimentos para a cerimônia. — Fiz o "especial", já que você é a única Madrigal que não tem dom. Eu chamo de especial "não especial". Já que... hmm, você não tem nenhum dom.

Mirabel ficou paralisada. As crianças olharam para ela.

— Obrigada — disse ela.

— E deseje sorte ao Antonio! — respondeu o homem, dando um tapinha em seu burro. — A última cerimônia do dom foi uma chatice. E a última foi a sua, que não funcionou — continuou o homem, que então partiu.

As crianças ficaram em silêncio, olhando fixamente para Mirabel. Ela só pôde ficar ali com um sorriso sem graça e os braços cheios de coisas.

— Se eu fosse você, ficaria muito triste — disse a garotinha.

Mirabel forçou um grande sorriso e deu de ombros.

— Bem, minha amiguinha, eu não estou, porque a verdade é que, com ou sem dom, eu sou tão especial quanto o resto da minha família.

As crianças olharam para a família dela, que estava fazendo coisas mágicas incríveis pela casa, e depois olharam de volta para Mirabel.

— Talvez o dom dela seja viver em negação.

Capítulo dois

No pátio, a preparação para a cerimônia do dom de Antonio estava a todo vapor. Ninguém notou Mirabel entrando com os braços transbordando de mantimentos.

— Ah, desculpe... com licença... — disse Mirabel, com dificuldade, por causa da carga pesada. A família tagarelava e conversava entre si.

— Luisa, como vão esses pianos? Você precisa de ajuda com eles? — uma voz chamou.

— Levante mais alto! — mandou outra voz.

— Camilo! — gritou Abuela Alma. — Precisamos de mais um José.

O primo de Mirabel, Camilo, gritou "Joséééé!" e se transformou em um homem alto. Ele ajudou a pendurar uma faixa que dizia "Antonio!" sobre uma porta com uma borda brilhante ao redor.

— Luisa, o piano vai ficar lá em cima — gritou Abuela.

— Pode deixar! — respondeu Luisa, segurando o instrumento por cima do ombro.

Quando um vento rodopiante, causado por Tia Pepa, pairou sobre o pátio, Mirabel tentou evitar que os suprimentos que estava carregando voasse.

— A noite do meu bebê tem que ser perfeita, e ainda não está perfeita, e... — murmurou Tia Pepa, andando de um lado para outro. Tio Felix apressou-se para acalmá-la.

— Amor, amor! — implorou ele. — Você está acabando com as flores.

— Alguém disse flores? — disse a voz doce e suave de Isabela, que de repente apareceu, descendo do último andar em uma trepadeira florida. Várias flores vibrantes começaram a desabrochar, e pétalas esvoaçaram por toda parte.

— É um anjo, é nosso anjo! — exclamou Tio Felix.

— Por favor, não batam palmas — implorou Isabela humildemente.

— Ah, obrigada — disse Tia Pepa.

— Imagine, não é nada — respondeu Isabela. Ela parou graciosamente no pátio ao lado de Mirabel, que agora estava coberta de pétalas. Mirabel rapidamente limpou as flores que tinham pousado em seu corpo, esperando parecer tão elegante e graciosa quanto a irmã mais velha.

— Relaxa. Ninguém está olhando para *você* — disse Isabela.

— Bem, eles só estão olhando para você porque... você é tão bonita — respondeu Mirabel e logo pensou *Credo, Mirabel*, fazendo uma careta com sua resposta ridícula.

Isabela olhou para ela como se dissesse "perdedora", então seguiu por um caminho diferente.

Determinada a continuar ajudando o máximo que pudesse, Mirabel arrastou uma carga pesada de suprimentos para o balcão da cozinha. Julieta percebeu e se aproximou.

— Uau! — disse a mãe, preocupada. — *Mi vida*, você está bem? Não precisa se esforçar tanto.

— Eu sei, *mamá*. Só quero fazer minha parte, como o resto da família — disse Mirabel, e logo soltou um grande grunhido ao jogar outra carga no balcão. No mesmo instante, os ladrilhos do balcão levaram as coisas.

— Ela está certa, amor — falou o pai, aparecendo de repente na frente dela com um rosto inchado, coberto de pelotas vermelhas.

— Eca! — Mirabel estremeceu. Em seguida, ela olhou para Julieta, que suspirou e começou a bater massa com as palmas das mãos para fazer uma *arepa*.

Seu pai continuou:

— Primeira cerimônia do dom desde a sua, muitas emoções...

— Picadas de abelha — anunciou Mirabel para sua mãe.

— E... eu estava lá...

— Ai, Agustín — disse a mãe.

— Quando eu e seu tio Felix nos casamos com membros da família, éramos forasteiros que não tinham nenhum dom e nunca teriam, estávamos cercados pelo extraordinário, era fácil se sentir... meio ordinário...

— Ok, *papi* — disse Mirabel. O pai não parava de insistir que ela falasse sobre seus sentimentos no dia especial de Antonio.

— Eu quis dizer que entendo...

— Coma — falou Julieta, enfiando uma *arepa* na boca de Agustín, curando-o no mesmo instante. Ela o afastou e se virou para Mirabel:

— *Mi amor*, se você quiser conversar...

— Eu tenho que levar as coisas — desabafou Mirabel, pegando mais suprimentos. — A casa não vai se decorar sozinha. — De repente, Mirabel percebeu o que havia acabado de falar e disse para Casita: — Quer dizer, você até poderia. Você está linda. — Com os braços cheios de coisas, ela saiu da cozinha.

— *Corazón*, lembre-se — gritou Julieta para Mirabel, preocupada. — Você não precisa provar nada.

— Você não precisa provar nada! — gritou o pai de Mirabel.

Satisfeito com a conversa, ele olhou para Julieta com uma expressão que dizia "conseguimos". Mas, de repente, uma abelha picou seu nariz, que começou a inchar novamente.

Mais tarde, sentindo-se ótima e como se não tivesse que provar nada para ninguém, Mirabel arrastou uma caixa enorme para o primeiro andar. Ela puxou uma vela atrás da outra e as organizou ao redor da varanda. Por toda a casa, havia conversas agitadas.

— Casita, a cidade toda está vindo. A escada deveria ter o dobro da largura — ordenou alguém.

— Não toque nisso! É para Abuela — disse outra voz.

— Alguém viu minha bebida? — gritou uma pessoa.

Mirabel se sentiu desconectada do planejamento no pátio, mas estava determinada a encontrar a própria maneira de ajudar no dia especial de Antonio. A caixa que ela carregava tinha um presente caseiro especial para Abuela.

Mirabel desceu o corredor, ainda carregando a caixa, e parou brevemente na entrada da torre de Tio Bruno. A porta estava fechada com tábuas e coberta de teias de aranha. Ela olhou para a porta com uma mistura de curiosidade e medo. Ninguém da família falava do Bruno. O que aconteceu com ele? Por que ele foi embora?

Mirabel continuou. Ela se ajoelhou no corredor e tirou um lindo guardanapo rendado que havia feito para Abuela. Então, olhou para a parede acima dela. Estava coberta de fotografias de sua família extraordinária. Ao olhar para eles, ela percebeu que sua foto não estava lá.

Mas é claro que não está, pensou Mirabel. Aquela parede era para todos que receberam um dom mágico. Ela sabia que nunca estaria na parede com o resto da família.

— Uma hora! — gritou Abuela.

Mirabel se assustou tanto que deixou cair uma vela acesa no chão, incendiando o presente que havia feito para Abuela. A garota correu para apagar o fogo, mas o guardanapo já estava destruído. De repente, Abuela parou na frente dela, assistindo a todo o espetáculo.

— Acho que você deveria deixar as decorações para outra pessoa — disse Abuela.

Mirabel, ainda no chão tentando salvar o guardanapo, olhou para a avó.

— Ah, não, na verdade eu queria fazer uma surpresa... para você.

Abuela olhou para Mirabel, sem saber o que pensar. Então, notou que uma nuvem escura se formava no céu. Ela chamou a filha:

— Pepa, tem uma nuvem no céu.

— Eu sei, *mamá*, mas agora não consigo encontrar Antonio. O que você quer de mim? — disse Tia Pepa, jogando as mãos para cima desesperada, se achando incapaz, e o céu escureceu. Abuela suspirou, olhou em volta e consultou o relógio. As pessoas da comunidade chegariam em breve.

— Aposto que consigo encontrá-lo — ofereceu Mirabel.

— Ah, tenho certeza de que você precisa se limpar — disse Abuela.

— Não tem problema! O que eu puder fazer para...

— Mirabel — interrompeu Abuela. — Eu sei que você quer ajudar, mas a noite hoje precisa ser perfeita. A cidade inteira depende da nossa família, dos nossos dons. Então, para alguns de nós, a melhor maneira de ajudar é se afastar, deixar o resto da família fazer o que faz de melhor. Ok?

— Sim. Aham — disse ela com um aceno de cabeça.

Mesmo magoada com as palavras, Mirabel sempre concordava com o que Abuela lhe pedia. Mirabel amava sua *abuela* e queria deixá-la orgulhosa! Ela sentiu que continuava a decepcioná-la. Abuela abriu um sorrisinho para Mirabel quando uma rajada de vento jorrou pela casa.

— Pepa! Querida, o vento! — gritou Abuela, correndo.

— Ai! O que você quer que eu faça? Eu preciso desse *muchachito* — lamentou Tia Pepa.

Mirabel foi para o quarto, como sua *abuela* havia sugerido. Ela sabia o quanto aquela noite era importante para a avó, para a família e para todo o Encanto. Por que Abuela não conseguia entender que ela só queria deixar a família orgulhosa?

Capítulo três

Mirabel sentou-se na beira da cama e tentou esquecer a conversa com Abuela. Olhou ao redor da sala; era o mesmo quarto em que todas as crianças Madrigal cresciam até completar cinco anos. E, com essa idade, ela deveria ter recebido seu dom e um novo quarto, mas isso não aconteceu.

As coisas de Antonio estavam bem embaladas e empilhadas na cama dele, prontas para serem transportadas após a cerimônia do dom daquela noite. Se tudo corresse como deveria, ele teria o próprio quarto e porta mágicos. E Mirabel seria deixada para trás mais uma vez. Ela ajustou a postura. Sabia o que tinha que fazer, e com certeza não era ficar sentada com pena de si mesma. Seu priminho – e em breve ex-companheiro de quarto – precisava de apoio.

Ela abriu uma gaveta e tirou um pequeno embrulho com desenhos que combinavam com seu vestido. Mirabel colocou os dedos no laço e o pendurou na beirada da cama.

— Todo mundo está procurando por você — disse ela. Não houve resposta. — Este presente se destruirá se você não o pegar em três, dois, um...

As mãozinhas de Antonio saíram de debaixo da cama e pegaram o presente. Sorrindo, Mirabel se posicionou embaixo da cama para se juntar ao seu priminho escondido ali.

— Está nervoso? — perguntou. Antonio fez um gesto afirmativo com a cabeça. — Você não tem com o que se preocupar. — Antonio balançou a cabeça de novo. — Você vai pegar seu presente e abrir aquela porta, e seu dom vai ser o mais legal de todos! Eu sei disso.

— E se não funcionar?

— Bem, se acontecesse mesmo esse fato impossível, você ficaria aqui no berçário comigo. Para todo o sempre. E eu teria você só para mim — brincou Mirabel. Antonio olhou para ela com uma mistura de arrependimento e amor.

— Eu queria que você tivesse uma porta — disse ele baixinho.

O coração de Mirabel amoleceu. Antonio era uma criança tímida e quieta que mal falava, mas sempre se sentia confortável o suficiente para conversar com Mirabel sobre seus sentimentos. Ela o amava muito por toda a sua timidez e consideração.

— Quer saber? Não precisa se preocupar comigo, porque eu tenho uma família incrível e uma casa incrível e um priminho incrível — disse Mirabel. — E ver você recebendo seu dom especial e sua porta vai me deixar mais feliz do que qualquer coisa. — Mirabel moveu os dedos em direção ao presente e o empurrou para mais perto dele. — Mas, infelizmente, vou sentir falta de ter o melhor colega de quarto do mundo.

Ela acenou e olhou para o presente. Antonio abriu a caixa e tirou dela uma onça de pelúcia tricotada à mão. Ele imediatamente a abraçou.

— Eu sei que você gosta de bichinhos. E fiz esse aqui para que, quando se mudar para o seu quarto especial, você sempre tenha algo aconchegante.

A casa sacudiu as tábuas do piso abaixo deles, avisando que era hora da cerimônia do dom.

— Muito bem, *hombrecito*, você está pronto?

Antonio assentiu.

Mirabel se moveu para sair, mas voltou para dar mais um abraço no priminho.

— Desculpe, tenho que dar mais um aperto — disse ela. A casa alegremente levantou as tábuas do piso, fazendo os dois saírem rolando de debaixo da cama. — Está bem, está bem! Estamos indo! Ai!

Capítulo quatro

Por toda a cidade, o entusiasmo só aumentava. As pessoas comemoravam com música, fogos de artifício e velas nas mãos enquanto se dirigiam à Casa Madrigal. Era uma grande noite. Fazia dez anos desde a última cerimônia do dom, que não tinha corrido nada bem. A cidade inteira estava esperançosa por uma noite de sucesso.

À medida que a multidão chegava, cada membro da família Madrigal tinha uma tarefa. Luisa pegava os burros dos convidados e os arrastava para a área correta. Na porta da frente, Camilo mudava de tamanho para poder olhar cada pessoa nos olhos enquanto apertava suas mãos e as recebia. Assim que entravam, a casa pegava as blusas e os chapéus das pessoas que se moviam em direção ao arco. Isabela cobria cada convidado com pétalas de flores. Sem que ela soubesse, Mariano a observava com adoração. As pessoas da cidade estavam maravilhadas com a belíssima decoração da casa mágica.

No topo da escada, a porta de Antonio brilhava e cintilava. À medida que as crianças subiam as escadas para vê-lo mais de perto, os degraus se transformavam em um escorregador, levando as crianças animadas de volta para o andar de baixo muitas e muitas vezes.

Mirabel acompanhou Antonio até o salão de entrada, onde a cerimônia começaria. Assim que a família o viu, todos correram.

— *Papito!* Aí está você. Pronto para o grande show? — perguntou Tio Felix.

— Olhe para você, todo crescido — disse Tia Pepa, lacrimejando e causando uma nuvem de tempestade.

— Amor, você vai molhar ele todo — falou Tio Felix.

Camilo se transformou em Tio Felix.

— Você deixa seu papai orgulhoso — disse Camilo, tentando se passar pelo pai.

— Eu não falo desse jeito! — reclamou Tio Felix.

— Eu não falo desse jeito! — repetiu Camilo, imitando o pai.

Dolores inclinou a cabeça como se ouvisse algo de longe, então deu um passo à frente e disse:

— Abuela diz que está na hora.

Tia Pepa se inclinou para Antonio e o beijou.

— Aqui vamos nós, Tonito! Vamos ficar esperando na sua porta!

— Ok, vamos! — gritou Tio Felix, animado.

— Ok, vamos... — Camilo, ainda com a aparência do pai, começou a repetir antes que Tio Felix o puxasse para longe.

Tambores começaram a tocar. Abuela Alma entrou no pátio. Segurando a vela mágica, ela se dirigiu à multidão de familiares e moradores da cidade.

— Cinquenta anos atrás, em nosso momento mais sombrio, esta vela nos abençoou com um milagre. E a maior honra de nossa família foi usar nossas bênçãos para servir a esta amada comunidade. Hoje à noite, nos reunimos mais uma vez, com mais um familiar dando um novo passo em direção à luz para nos deixar orgulhosos.

A multidão aplaudiu, e uma cortina se abriu para revelar Antonio, sozinho. Ele parecia estar com medo de se mexer. Um silêncio caiu sobre a casa, pois Antonio não conseguia dar um passo à frente. Casita tentou encorajá-lo, mas ele não se mexeu. Todos olhavam para ele, mas o garoto estava congelado. Ele se virou para Mirabel e estendeu a mão. O coração de Mirabel amoleceu. Ela sabia que Abuela não aprovaria. Além disso, ela não conseguia deixar de pensar em sua própria cerimônia do dom. Seu fracasso. E se isso afetasse Antonio? Ela olhou para sua *abuela* segurando a vela e depois olhou de novo para Antonio. Não sabia o que fazer.

— Eu não posso... — sussurrou para ele.

— Eu preciso de você — Antonio sussurrou de volta.

Mirabel se perguntou se deveria fazer aquilo. Será que ela teria forças para se levantar e enfrentar a lembrança da pior noite de sua vida? Ela teria coragem de ajudar seu *primito*, sabendo que Abuela não aprovaria? Mirabel sentiu um vislumbre de determinação atravessar seu corpo. Se Antonio precisava dela, ela iria ajudá-lo! Ela iria levá-lo até o altar para que ele pudesse receber seu dom!

— Vamos — disse Mirabel para Antonio, pegando na mão dele, que ainda estava estendida para ela. — Vou levar você para a sua porta.

Antonio segurou a mão dela com força enquanto caminhavam. Na multidão, todos entraram em pânico ao ver Mirabel e Antonio. Da última vez que ela seguira esse mesmo caminho, foi um fracasso para a família.

A cada passo que dava na direção da porta, Mirabel sentia a dor do fracasso da própria cerimônia. Ela se lembrou daquela noite: ela estendeu a mão para tocar a maçaneta de uma porta brilhante. No momento do toque, ela deveria ter sido preenchida com luz mágica, mas, em vez disso, o brilho da porta desapareceu! Mirabel continuou sem nenhum dom especial! Daquele ponto em diante, Abuela passou a olhar para ela de um jeito diferente, e a expectativa de todos em relação a Mirabel mudou. A garota passou a se enxergar de outra forma também.

Fazendo o seu melhor para afastar as memórias dolorosas, ela se concentrou em acompanhar Antonio em direção à porta mágica dele. Ao chegarem lá, ela o entregou para Abuela.

— Você usará seu dom para servir a esta comunidade? — perguntou Abuela a Antonio.
— Você vai ser digno do milagre e nos deixar orgulhosos?

Antonio concordou com um aceno tímido, e Abuela fez um gesto para ele colocar a mão na maçaneta.

Por um segundo, Mirabel viu certa preocupação nos olhos de Antonio, mas, quando ele tocou a maçaneta, o corpo dele se iluminou inteiro. Ele estava cheio de magia! Nesse momento, um tucano pousou no braço de Antonio. Então, o animal gorjeou e bateu as asas.

Os olhos de Antonio se arregalaram, e ele sorriu.

— Aham, aham, eu consigo entender você! — disse ele, animado. — Claro que eles podem vir!

De repente, dezenas de animais se reuniram e foram na direção dele, e sua porta se transformou em um zoológico. Antonio se comunicava com os animais! Abuela ficou muito feliz por ele ter recebido seu dom. Ela soltou um enorme suspiro de alívio e olhou para os convidados.

— Temos um novo dom! — ela anunciou. A multidão aplaudiu, e mais fogos de artifício iluminaram o céu.

Antonio abriu a porta e descobriu que seu quarto era uma enorme floresta tropical, cheia de animais e folhagens. Uma onça colocou o menino, que ria de felicidade, nas costas e correu pela sala.

— Uepa, Antonio! — Tio Felix aplaudiu, vendo seu filho e a onça correrem pela floresta tropical. — *Vaya, vaya*!

— Você quer ir para onde? — Antonio perguntou à onça. Então, ela subiu em um tronco de árvore, jogando o garoto no ar. — Uaaaaau! — Antonio gritou de alegria. Ele saltava em redes de quatis e patinava na superfície de um rio usando uma cobra como corda. Era o melhor dia de sua vida!

Após o passeio selvagem, a onça e Antonio pararam na frente da família. Enquanto todos comemoravam, a onça saltou de brincadeira em cima de Agustín e o derrubou. Abuela puxou Antonio para lhe dar um abraço.

— Eu sabia que você conseguiria... um dom tão especial quanto você! — elogiou ela.

Ainda na soleira da porta, Mirabel recuou e observou a família comemorar. Uma mistura de emoções tomou conta dela. Por um lado, estava muito feliz por Antonio, mas, por outro, ela se sentia muito sozinha e insignificante. Ela se perguntou se ter um dom especial era a única maneira de deixar a família orgulhosa. Será que ela fazia mesmo parte da família se não tivesse um dom especial?

— Precisamos de uma foto! — Abuela gritou. — Família, venha, venha todo mundo! É uma grande noite, uma noite perfeita. — A família rapidamente se reuniu para uma foto. Abuela continuou: — Digam...

— ... À família Madrigal! — gritaram todos. Ninguém percebeu que Mirabel não estava no meio do grupo. Ela estava no canto, do lado de fora. Uma estranha em sua própria família, mais uma vez. E, assim, ela foi embora.

Capítulo
cinco

Durante todo o dia, Mirabel tinha se mostrado corajosa, mas agora a dor de não ser vista e se sentir insignificante surgiu como uma sombra assustadora. Ela queria mais do que tudo ganhar seu lugar no retrato de família. Todos pareciam conhecer o próprio papel e o lugar na família. Será que ainda havia espaço na parede para ela?

Mirabel dirigiu-se ao pátio, deixando para trás a dança e a música. Ela não estava com vontade de comemorar. Em vez disso, olhou para a vela mágica, esperando por outro milagre. Queria que a vela a escutasse, da mesma forma que tinha escutado *abuela* tanto tempo atrás.

De repente, houve um estalo. Uma telha caiu no chão. Havia algo errado. A casa não podia se quebrar assim! Mirabel rapidamente pegou a telha quebrada para fazer uma análise mais detalhada, mas cortou a mão ao tocar nas pontas afiadas. Ela estremeceu por um instante, distraída pela dor. Então notou que todos os azulejos do pátio estavam se quebrando. Eles estavam com defeito! Mirabel os observou, confusa. O que estava acontecendo?

— Casita? — ela disse, com a voz trêmula.

Isso nunca tinha acontecido antes.

A garota colocou a mão na parede como se quisesse confortar a casa... e *CRAC*! Uma pequena fissura no reboco começou a se formar perto de sua mão. A rachadura continuou a se espalhar ao longo da parede; até se estilhaçar. Mirabel recuou, assustada. Mais rachaduras apareceram, serpenteando pela parede. Elas estavam surgindo em todos os lugares! Mirabel subiu correndo as escadas para seguir a rachadura principal, que passou pelo retrato de Abuelo Pedro e foi para o andar de cima! Por um segundo, Mirabel perdeu o rastro, mas então ouviu um estalo de arrepiar quando a parede se partiu. Ela olhou para o corredor e viu a rachadura passar pelo quarto de Isabela, quase extinguindo o brilho mágico da porta.

Mirabel continuou correndo atrás da rachadura, seguindo o rastro pela porta de Luisa, depois pela torre assustadora de Bruno, em direção à porta de *abuela* e depois até a vela! À medida que as rachaduras giravam e se multiplicavam, a chama brilhante da vela diminuía. Mirabel olhava a cena horrorizada enquanto a casa inteira escurecia ao seu redor!

Enquanto isso, a comemoração no quarto de Antonio estava em pleno modo *fiesta*. Na pista de dança, todos giravam e dançavam ao som do animado ritmo da salsa.

— Abuela! — exclamou Tio Felix, puxando Alma da cadeira para dançar. Abuela se soltou com alguns movimentos de dança. — Ok, ok. Uêpa!

De repente, Mirabel entrou em pânico.

— A casa está em perigo! A casa está em perigo! — gritou. A banda parou, e todos ficaram boquiabertos com Mirabel, preocupados. — As telhas estavam caindo, e havia rachaduras por toda parte e... a vela quase se apagou! — exclamou Mirabel, respirando com dificuldade. Todos na festa começaram a murmurar, incomodados.

Abuela olhou ao redor, percebendo que alguns convidados estavam bem chateados. Ela precisava agir rapidamente. Então se virou para Mirabel.

— Vamos ver o que é.

Mirabel conduziu a família até o pátio, onde as rachaduras haviam trilhado seu caminho destrutivo, mas, quando chegaram, não havia rachaduras nas paredes! E a chama da vela brilhava intensamente.

— Começou bem ali — disse Mirabel. — A casa estava se quebrando. A vela estava com problemas. Casita? — implorou ela. A casa não respondeu.

Abuela olhou para a vela, depois olhou de volta para Mirabel, envergonhada e decepcionada.

— Abuela, juro, eu...

— Já chega — disse Abuela, dando a Mirabel um olhar severo. A multidão trocou sussurros nervosos. — Não há nada de errado com a Casa Madrigal! — disse Abuela, virando-se para a multidão com um sorriso confiante. — A magia é forte... e as bebidas também! Por favor, música! Dança!

O pai de Mirabel fez um sinal para Luisa, que rapidamente trouxe um piano para que ele tocasse, amenizando o constrangimento da sala.

Isabela passou por Mirabel e zombou dela. Mais uma vez, Mirabel se sentiu sozinha e confusa. Ao redor dela, todos voltaram para a festa, mas não sem antes encarar a garota com um olhar crítico.

A mãe de Mirabel olhou para ela com preocupação. Mirabel simplesmente ficou ali, confusa... ela sabia o que tinha visto.

Capítulo
seis

Enquanto a festa continuava sem ela, Mirabel se juntou à mãe na cozinha. A garota tinha certeza do que tinha visto, mesmo que as rachaduras tivessem desaparecido. Certamente sua mãe acreditava nela.

— Se foi tudo coisa da minha cabeça, como foi que cortei minha mão? Eu nunca estragaria a noite de Antonio. Você acha mesmo que eu faria isso? — perguntou Mirabel.

— O que eu acho é que hoje foi um dia muito difícil para você.

— Isso não é… — Mirabel começou. — Eu estava cuidando da família. E eu posso não ser superforte como Luisa ou toda certinha como a Senhorita Perfeita Isabela, que nunca sai com o cabelo despenteado, mas... — Mirabel suspirou ao perceber que estava reclamando. — Deixa pra lá.

A casa usou o balcão para entregar uma *arepa* para a mãe de Mirabel.

— Eu queria que você pudesse ver em você tudo o que eu vejo — disse Julieta. — Você é perfeita do jeito que é. Você é tão especial quanto qualquer um desta família.

Em seguida, Julieta pressionou a *arepa* na mão de Mirabel e a segurou com força.

— Você curou a minha mão com uma *arepa con queso*.

— Eu curei sua mão com o amor que tenho pela minha filha, que tem um cérebro maravilhoso... — respondeu Julieta brincando, puxando a filha para um abraço.

Mirabel tentou se esquivar.

— Eca — disse, revirando os olhos.

— ... um coração enorme...

— Para! — continuou a garota.

— ... óculos legais!

— *Mamá* — disse Mirabel, enquanto Julieta lhe dava um grande beijo na bochecha.

— *Ay, te amo, cosa linda.*

— Eu sei o que eu vi — afirmou a garota. Ela não queria mudar de assunto. A mãe suspirou.

— *Mira*, o meu irmão, Bruno, se perdeu da nossa família — disse Julieta. — Eu não quero que aconteça o mesmo com você. Durma um pouco. Você vai se sentir melhor amanhã.

Mirabel voltou para o quarto e se sentou na cama. Não conseguiu deixar de pensar como seu quarto era sem graça sem Antonio. Agora ele tinha um quarto magnífico de floresta tropical, e ela estava sozinha no mesmo lugar chato onde morava desde sempre. Sem conseguir parar de pensar nas rachaduras e na chama fraca da vela, Mirabel pulou da cama e abriu a porta para dar uma olhada na vela. As rachaduras não estavam em lugar algum. No silêncio da noite, a garota ouviu um barulho vindo do quarto de Abuela. Será que ela também não conseguia dormir?

Na ponta dos pés, Mirabel foi até a janela de sua *abuela* e espiou lá dentro. Abuela estava chorando baixinho! Assustada, a garota recuou. Sua avó era o alicerce da família Madrigal. O que poderia fazê-la chorar? De repente, Abuela puxou a corrente pendurada em sua cintura. Entre as muitas chaves, havia uma foto do dia de seu casamento. Com tristeza nos olhos, Alma olhou para o marido, Pedro.

— Ai, Pedro... o que eu faço? Se alguém soubesse o quanto somos vulneráveis... se soubessem que podemos perder nossa casa... Bruno sabia que as rachaduras iriam crescer, que nossa magia poderia falhar. E escondeu isso de nós. E agora preciso de ajuda, *mi amor*. Preciso descobrir alguma maneira de evitar que nossa casa se quebre. Se a verdade puder ser encontrada, ajude-me a encontrá-la, ajude-me a proteger a nossa família, ajude-me a salvar o nosso milagre.

Mirabel quase engasgou de susto. As rachaduras eram reais! O milagre estava morrendo! A menina correu para o pátio. Ela estava chocada, mas também determinada – ela sabia o que precisava fazer.

Mirabel ia encontrar as respostas. Ela ajudaria Casita, sua família e Abuela.

— Vou salvar o milagre — disse ela.

Animada, a casa agitou uma janela, como se estivesse fazendo uma pergunta para a garota, que respondeu:

— Ah, sim. Não faço ideia de como salvar um milagre, mas existe uma pessoa nesta família que consegue ouvir tudo...

Capítulo sete

Na manhã seguinte, o sol nasceu sobre o Encanto e brilhou no pátio em que a família tomava o café da manhã. Mirabel chegou, sentindo-se determinada. A casa estava em apuros, e ela tinha que fazer algo para ajudar, mas precisava de um pouco mais de informação.

Ela olhou ao redor e viu Dolores na fila, enchendo o prato de comida. Com sua audição sobre-humana, a prima de Mirabel era a única pessoa da família que ouvia todos os segredos do Encanto. Se alguma coisa fora do comum tivesse acontecido na noite anterior, Dolores saberia.

— É por ela que vou começar — sussurrou Mirabel para si mesma. Ela correu até Dolores na fila do bufê. — Dolores, ei! — ela a cumprimentou. — Sabe, de todos os meus primos mais velhos, você é a minha prima favorita. Por isso, eu sinto que posso falar com você sobre qualquer coisa, e você pode falar comigo sobre qualquer coisa, como o problema com a magia ontem à noite. Ninguém parece saber, mas talvez alguém saiba em segredo...

— Camilo! — gritou Tio Felix. — Pare de fingir que é a Dolores só para poder repetir a comida.

De repente, a Dolores que estava na frente de Mirabel se transformou em Camilo.

— Eu tinha que tentar — disse ele. A casa pegou a comida de volta e bateu nas mãos do garoto, que reclamou: — Ai! Ei!

A verdadeira Dolores se inclinou e sussurrou no ouvido de Mirabel: — A única que está preocupada com a magia é você... e os ratos, se considerar as paredes... — Houve uma pausa breve e constrangedora quando Dolores pensou nisso. — E Luisa. Eu a ouvi suando a noite toda.

Mirabel se animou. Isso era algo fora do comum! Luisa devia saber alguma coisa.

Mirabel viu a irmã virando uma mesa para o café da manhã da família. Luisa era tão forte que conseguia virar qualquer coisa usando apenas uma mão.

— Agora, sim! — disse ela, com um sorriso satisfeito. Mirabel estava indo em sua direção quando Abuela entrou no pátio.

— Todo mundo para a mesa — disse Abuela. — Vamos, vamos.

Mirabel pegou o lugar de Tia Pepa ao lado de Luisa.

— Luisa...

— Família, estamos todos gratos pelo novo e maravilhoso dom de Antonio — disse a avó, interrompendo Mirabel. Abuela foi se sentar, mas havia um quati em sua cadeira.

— Eu pedi para ele aquecer sua cadeira — explicou Antonio com um sorriso. Era um dos quatis de seu novo quarto.

Abuela sorriu de volta.

— Obrigada, Tonito. Tenho certeza de que hoje encontraremos uma maneira de fazer bom uso de seu dom. — Quando Abuela se sentou, os quatis roubaram algo dos bolsos dela. — Nunca devemos desvalorizar nossos dons.

Mirabel se concentrou em Luisa. Estava determinada a falar com a irmã sobre o defeito da magia na noite anterior:

— Luisa, ei, será que você sabe algum segredo sobre a magia ou algo assim? — Luisa parecia ter sido pega de surpresa. — Você sabe! — Mirabel exclamou, batendo na mesa.

— Mirabel — alertou Abuela. — Se você não consegue prestar atenção, eu vou ajudá-la.

— Eu... eu... — gaguejou Mirabel.

— Casita! — chamou Abuela. E, antes que Mirabel pudesse reclamar, a casa a afastou de Luisa e a colocou ao lado de Abuela, que continuou falando com a família: — Como eu estava dizendo, devemos trabalhar todos os dias para merecer nosso milagre, então, hoje vamos nos esforçar duas vezes mais.

Houve um resmungo baixo entre a família.

— Eu vou ajudar Luisa — Mirabel logo falou, então se levantou para voltar para perto da irmã.

— Pare! — disse Abuela antes de continuar com suas atualizações da manhã. — Primeiro, um anúncio. Falei com a família Guzmán, e vamos adiantar o noivado de Isabela com Mariano. — Os olhos de Mirabel se arregalaram. — Dolores, já temos a nova data?

Dolores inclinou a cabeça algumas vezes, como se estivesse ouvindo algo distante.

— Hoje à noite — respondeu. — Ele quer ter cinco bebês.

Nervosa, Isabela fez brotar algumas flores.

Abuela abriu um sorriso largo e disse:

— Um jovem tão bom com nossa perfeita Isabela trará uma nova geração de dons e esperança ao nosso Encanto...

Camilo se transformou em Mariano e começou a fazer barulhos de beijos.

Isabela o golpeou com flores para fazê-lo parar.

— Ok, nossa comunidade está contando conosco. A família Madrigal!

— À família Madrigal! — Todos aplaudiram.

Todos se levantaram da mesa, e Mirabel virou-se para falar com a irmã. Ela finalmente obteria suas respostas.

— Luisa, ei! — disse ela.

Mas Luisa já tinha ido embora.

Capítulo
Oito

Quando Mirabel finalmente alcançou a irmã, Luisa estava carregando uma igreja inteira nas costas. Quando ela colocou a igreja no chão, o padre a abençoou. Luisa mal tinha terminado quando outros vizinhos começaram a gritar seus pedidos.

— Luisa, você pode redirecionar o rio? — perguntou alguém.

— Com certeza! — respondeu ela.

— Luisa, os burros fugiram de novo — disse outro vizinho.

— Deixa comigo! — respondeu Luisa. Assim que ela colocou um par de burros sobre os ombros, Mirabel se aproximou.

— Luisa, espere um segundo. Luisa... espere!

Mas ela não esperou. Muito pelo contrário, andou mais rápido. Era como se estivesse evitando a irmã. Mirabel se moveu rapidamente, determinada a descobrir o que Luisa estava escondendo.

Mirabel finalmente a alcançou:

— O que está acontecendo com a magia?

— A magia está bem. Mas eu tenho muitas tarefas, então, acho que você deveria ir para casa — disse Luisa, tentando fugir da pergunta. Ela continuou andando pela vila com Mirabel logo atrás.

Uma mulher gritou:

— Luisa, minha casa está inclinada para o...

Bam! Luisa endireitou a casa e continuou andando com os burros nas costas.

— Luisa, você está mentindo — pressionou Mirabel, correndo na frente dela e cortando seu caminho. — Dolores disse que você ficou suando a noite toda, e você nunca sua, então você deve...

— Ei, saia da frente. Você vai me fazer derrubar um burro.

Os olhos dos burros se arregalaram de preocupação. Mirabel saiu do caminho e Luisa seguiu em frente.

— Luisa?! Será que você só... — gritou Mirabel, indo atrás da irmã mais velha, que interrompeu:

— Não se preocupe com isso.

— Apenas me diga o que você sabe... Luisa? Você está claramente nervosa com alguma coisa. É sobre a noite passada? Luisa, se você souber de alguma coisa e não me contar, e se piorar...

De repente, Luisa parou. Ela se virou e encarou Mirabel com um olhar irritado.

— EU SENTI ALGUMA COISA! — berrou. Os burros pareciam assustados.

— Sentiu o quê? — perguntou Mirabel. — Algo com a magia?

— Ah, não. Pensando bem, eu não senti nada — gaguejou Luisa. — Não houve rachaduras. Estou bem... está tudo bem. Eu não estou nervosa.

Mirabel olhou para ela. O que estava acontecendo?

— Luisa? — disse ela gentilmente.

— Eu NÃO estou nervosa — repetiu Luisa.

— Tudo bem... — falou Mirabel, sem saber o que estava acontecendo com sua irmã. Luisa sempre foi a mais forte, mas agora Mirabel via que a irmã mais velha não estava só carregando os burros: ela estava carregando todo um fardo de pressão e fingindo que não existia. Por quê? Pela família?

Luisa largou os burros e disse a verdade para Mirabel: ela não estava nervosa porque não podia ficar nervosa. Todos esperavam que ela fosse a mais forte da família, aquela que carregava tudo e nunca mostrava como estava sobrecarregada ou assustada.

Pela primeira vez, Luisa desabafou, falando sobre todo o trabalho que ela se sentia obrigada a fazer e a pressão que existia para atender a todos os pedidos. Abuela dissera que eles precisavam trabalhar duas vezes mais, então era isso que ela ia fazer.

Afinal, ela tinha que ser digna do milagre! Deixar a família orgulhosa! Mover igrejas, esmagar diamantes e transportar burros: tudo isso fazia parte de um dia de trabalho para Luisa!

Luisa fazia tudo sem sequer hesitar ou considerar como o trabalho poderia ser difícil e perigoso. Mas a pressão para fazer mais e mais estava ficando grande demais.

Quando Luisa começou a desabafar, ela tinha muito a dizer. Como pedras rolando montanha abaixo, todas as emoções se desenrolaram, imparáveis e poderosas! Mirabel percebeu que sua irmã

Luisa sentia o peso do mundo – quer dizer, o peso do universo – em seus ombros. Ela nunca disse "não" a um pedido. Ela nunca tirou férias.

Ela era forte, mas será que isso significava que não merecia um tempo para si mesma? Ouvindo Luisa, Mirabel finalmente entendeu a pressão que a irmã vinha sofrendo durante todos aqueles anos.

Então, sem saber o que mais podia fazer, deu na irmã o maior abraço que conseguiu.

— Acho que você precisa mesmo de um descanso — disse Mirabel a Luisa, que a abraçou de volta... um pouco forte demais. Mirabel tentou falar em meio ao aperto. — Você merece.

— Luisa não descansa — respondeu ela, ainda sufocando Mirabel com o abraço.

— Sufocando! — Mirabel engasgou, batendo nas costas da irmã. Luisa recuou o suficiente para olhá-la nos olhos. Mirabel percebeu que ela estava decidindo se deveria lhe contar algo.

— Você quer descobrir o segredo sobre a magia? Vá até a torre do Bruno, encontre a última visão dele.

— Visão? Visão de quê?

— Ninguém sabe. Eles nunca encontraram — contou Luisa, colocando Mirabel de volta no chão.

As duas irmãs ficaram em silêncio, finalmente se entendendo.

— Luisa! Os burros! — gritou um morador da cidade, tirando Luisa e Mirabel de seu momento.

— Opa, já vou! — Luisa puxou os burros para cima e os colocou em seus ombros largos.

Mirabel a observou com admiração.

— Estou falando sério sobre você descansar…

— Você é boa, mana! Talvez eu faça isso! — Luisa disse, dando um soco leve e amigável no ombro de Mirabel. Então ela se virou e foi em direção à cidade.

— Espere, como vou encontrar uma visão? Afinal, o que isso quer dizer?

— Se você encontrar, você saberá — gritou Luisa de volta enquanto subia uma colina. — Mas tenha cuidado. Aquele lugar é proibido por uma boa razão.

Mirabel voltou para casa e estremeceu. Não havia como escapar de seu destino agora. Se quisesse respostas, só havia um lugar onde ela poderia encontrá-las: na torre de Bruno.

Capítulo nove

Mirabel correu de volta para a casa. Enquanto atravessava o pátio e se dirigia à torre de Tio Bruno, segurou sua bolsa bem perto do corpo e passou sem ser vista por Abuela e Isabela, que estavam conversando.

— Sim... — disse Abuela.

— Não consigo pensar em uma combinação mais perfeita — disse Isabela.

— Tão respeitado...

Mirabel olhou para a porta assustadora de Bruno. Ela ia mesmo fazer isso? Ela a abriu e parou na porta, chocada com o quarto escuro e empoeirado. Um pouco de areia caiu do teto, criando uma cortina que bloqueou sua visão.

— Você pode desligar a areia, Casita? — pediu ela.

Nada aconteceu. Era como se a casa não estivesse lá. Mirabel olhou para a porta, em pânico. As tábuas do assoalho do lado de fora da porta estremeceram e balançaram, mas nada se moveu dentro do quarto de Bruno.

— Você não pode me ajudar aqui dentro... — sussurrou Mirabel.

Mirabel estava sozinha mesmo. Ela nunca tinha ficado sem Casita. A casa agitou o piso do corredor novamente, desta vez para dizer que estava preocupada com ela.

Ela fez uma expressão corajosa e um gesto casual para tentar acabar com sua preocupação.

— Eu vou ficar bem — disse, olhando para toda a areia na frente dela. — Eu tenho que fazer isso. Por você, por Abuela e talvez um pouco por mim.

Mirabel deu alguns passos cautelosos para dentro da sala. Ela falou novamente, desta vez demonstrando quase todo o seu nervosismo.

— Encontre a visão. Salve o milag-aaaah! — gritou Mirabel ao cair na areia.

Ela caiu de cara em outro monte de areia, depois deslizou por uma duna gigante. Quando parou, ela olhou para cima e viu que estava em uma sala alta. Uma grande queda de areia escorria sobre as paredes altas. Seus olhos avistaram uma placa que dizia "Visões!", com uma seta apontando para o topo de uma montanha rochosa. Lá em cima, irradiava um brilho verde.

Ela tinha que subir até lá! Mirabel viu uma longa escada. Devia haver centenas de degraus para subir! *Ótimo*, pensou. Sem aviso, o tucano de Antonio pousou ao lado dela e sorriu.

— Uau... Ah, olá! — disse Mirabel, cumprimentando o pássaro. O tucano gorjeou de volta. — Muitos degraus. Mas, olha só, eu tenho um amigo. — O tucano olhou para ela, então voou para o topo. — Não, ele acaba de sair voando.

Ela estava sozinha.

— Tudo bem — resmungou ela, subindo o primeiro degrau. Um a menos, mas faltavam centenas.

Conforme ela subia cada vez mais alto, cada passo era mais difícil do que o anterior. Mirabel cerrou os dentes e continuou subindo. Em sua exaustão, ela bufou uma pequena canção.

— Bem-vindo à família Madrigal... Muitas escadas da família Madrigal... Você poderia pensar que haveria outro caminho porque somos mágicos, mas não… É mágico o tanto de escadas que cabem aqui! Quem projetou isso?

Finalmente, Mirabel chegou ao topo da escada, mas no caminho encontrou um grande vão que a impediria de atravessar e ir mais longe.

— Ah, sério? — Mirabel gemeu, completamente esgotada após a escalada. O tucano desceu ao lado dela e empoleirou-se em um corrimão feito de corda. — E nos encontramos de novo. Pelo jeito, você não pode me levar até lá, né? — perguntou ao tucano, que pulou na pequena corda.

Era isso! Mirabel sabia o que tinha que fazer!

Ela rapidamente removeu a corda e jogou uma das pontas em torno de uma pedra alta acima dela.

— Ok, eu vou conseguir.

Com a corda presa, ela passou pelo grande vão entre as escadas e o resto do caminho. Atordoada por ter conseguido chegar ao outro lado, Mirabel começou a comemorar, mas a borda rachou sob seus pés. Ela se afastou no último segundo antes de a borda desabar no meio da escuridão. Ela e o tucano se entreolharam, concordando que aquilo tinha sido por muito pouco! Ela teria que prestar atenção a cada passo.

Mirabel avançou, entrando em um corredor que parecia ser de um templo esquecido. O grande pássaro a seguiu, nervoso. Tudo naquele lugar parecia um túmulo. Ela olhou ao redor, desesperada em busca de qualquer sinal que indicasse o que fazer em seguida. Ela nem sabia o que estava procurando!

Logo, Mirabel viu três painéis com imagens. Os desenhos mostravam algum tipo de processo mágico envolvendo fumaça e areia. Enquanto ela estudava as fotos, um vaso perto de seus pés se moveu. Mirabel ganiu, e os ratos – tão assustados quanto ela – correram para longe. Eles se esconderam atrás de um retrato de Tio Bruno. Os olhos dele estavam rabiscados. A garota estremeceu com a imagem assustadora.

Outro rangido soou, atraindo os olhos de Mirabel para uma sala diferente. O tucano deu uma olhada no que parecia ser o santuário interno da torre de Bruno e voou para longe, assustado.

— Medroso! — brincou Mirabel, e então entrou no quarto escuro.

Lá dentro, ela não encontrou nada além de um estranho círculo de areia no chão no centro da sala. Era um beco sem saída. Mirabel olhou ao redor, mas não havia sinal de nada.

— Vazio... — disse ela para si mesma, entrando no círculo de areia.

Quando ela entrou no círculo, um vento abrupto e áspero varreu a caverna, fechando a saída e mergulhando Mirabel em pura escuridão. Ela estava começando a entrar em pânico quando, de repente, viu uma luz verde brilhante. O brilho vinha de baixo. Ela estava de pé em cima dele!

Mirabel começou a cavar, arremessando areia para todos os lados, para alcançar a luz verde. Ela pegou um caco verde brilhante. Parecia um pedaço de uma escultura de esmeralda quebrada. Ao redor dela, havia mais pedaços como aquele espalhados pelo chão. Devia ser uma das visões de Bruno! Era exatamente como Luisa havia dito: quando Mirabel encontrasse pedaços de uma visão, ela saberia o que eram.

Assim que Mirabel encontrou os cacos, a casa inteira tremeu. Abuela estava varrendo o saguão quando se deu conta disso. Ela olhou para a vela. Sua chama diminuiu por um instante.

Atrás da porta de Bruno, Mirabel não percebeu o tremor. Estava preocupada demais com o pedaço verde brilhante em sua mão. Animada, ela pegou outro e o analisou, girando-o no sentido horário e revelando... seu próprio rosto preocupado olhando para ela.

— Eu? — perguntou Mirabel, assustada.

No mesmo instante, o chão debaixo dela fez um barulho muito alto. A caverna inteira começou a tremer e se partir. Através das grandes aberturas, a areia tomava conta da sala, cobrindo os cacos restantes. Mirabel, em um último esforço, cavou os fragmentos que faltavam e rapidamente os colocou na bolsa. Enquanto pedaços de pedra e areia ameaçavam bloquear a entrada e prender Maribel dentro da caverna, ela viu o brilho de um último pedaço, que não tinha visto antes. Ela mergulhou e o agarrou, mas a porta fechada não abria mais. Mirabel bateu nela, desesperada. Jogou o corpo contra a porta, que nem se moveu.

Então ela teve uma ideia! Sacudiu a maçaneta. A porta abriu!

Vuush! Uma tempestade de areia a empurrou para fora da sala.

Sã e salva, ela olhou para o pedaço com sua imagem. Será que a última visão de Tio Bruno tinha algo a ver com Mirabel?

Capítulo dez

Mirabel correu para fora da sala, virando a esquina tão rápido que bateu direto em Abuela. Ela acabou soltando a bolsa, e todos os fragmentos de visão que ela tinha recolhido caíram no chão.

— De onde você está vindo com tanta pressa? — perguntou Abuela.

— Ah, desculpe... eu estava, hmm... — gaguejou Mirabel, nervosa, tentando pegar os cacos o mais rápido que podia, para não deixar que Abuela suspeitasse de nada. Não adiantou. Abuela sempre suspeitava de alguma coisa quando se tratava de Mirabel. A avó começou a olhar para os cacos no chão quando um grito alto a distraiu.

— Meu dom! — lamentou Luisa, cambaleando escada acima. — Estou perdendo meu dom!

— O quê? — perguntou Abuela, com uma voz de preocupação.

— Eu deveria estar ajudando a cidade e resolvi descansar. Não é sua culpa — disse ela a Mirabel. — Eu sabia que era errado, mas adormeci. E os burros estavam mastigando o milho, e, quando tentei agarrá-los, eles estavam... pesados! — Luisa correu para seu quarto, chorando. Mirabel ficou ali, mortificada pelo que estava acontecendo com Luisa.

Abuela virou-se para olhar para Mirabel.

— Você disse algo para ela?

— Hmm... eu só... — balbuciou Mirabel.

Os sinos da cidade tocaram, e Abuela voltou a pensar em suas tarefas do dia. Mirabel soltou um suspiro de alívio.

— A família Guzmán está me esperando — disse Abuela. — Não conte a ninguém. Não há nada de errado com Luisa, e não podemos deixar a família em pânico. A noite de hoje é muito importante — concluiu Abuela, e saiu correndo.

Mirabel podia ouvir Luisa soluçando atrás da porta. A luz da porta piscou mais fraca, como se sua magia estivesse desaparecendo.

Preocupada com o que estava acontecendo, Mirabel voltou para seu quarto. Ela colocou os cacos no chão e tentou entender o que eles significavam.

— Por que estou na sua visão, Bruno? — perguntou Mirabel em voz alta.

Um relâmpago e um trovão sacudiram a sala. Assustada, a garota virou-se e viu Tia Pepa em sua porta.

— Tia, caramba! — disse Mirabel.

— Desculpe, eu não queria... — falou Tia Pepa, tentando espantar as nuvens escuras. — Xô, xô, nuvens. Eu só queria pegar as últimas coisas de *papito*, e então ouvi "o nome que não falamos". — Seguiu-se um estrondo de trovão. — Excelente! Agora estou fazendo trovejar. E isso vai causar uma garoa, e uma garoa vai trazer a chuva, e... — Tia Pepa parou e respirou fundo algumas vezes. — Céu limpo, céu limpo — repetiu para si mesma.

Enquanto Tia Pepa lutava para se acalmar e recolher as roupas de Antonio, Mirabel olhava para os cacos. Tia Pepa era irmã de Bruno. Certamente ela saberia algo sobre o significado das visões.

— Tia Pepa — começou Mirabel. — Se *ele* tivesse mesmo uma visão sobre alguém, o que significava?

— Não falamos do Bruno — respondeu Pepa.

— Eu sei, é só que, hipoteticamente, se ele via a pessoa...

— *Mira*, por favor. Precisamos nos preparar para receber a família Guzmán.

— Tá bom — disse Mirabel, insistindo no assunto. — Mas eu só quero saber se era, tipo, em geral, algo positivo ou, tipo, menos positivo ou...

— Era um pesadelo! — respondeu Tio Felix, invadindo a sala. Sua voz, geralmente alegre, agora estava cheia de drama.

— Felix — disse Pepa com um olhar severo para o marido.

— Ela precisa saber, Pepi. Ela precisa saber — implorou Tio Felix.

— Não falamos do Bruno — insistiu a tia.

— Ele via algo terrível, e então *crac*, *bum*, acontecia.

— *Não falamos do Bruno* — repetiu Tia Pepa.

Mas Mirabel a ignorou. Ela estava grata por ter recebido algumas respostas de Tio Felix. Finalmente, alguém estava falando do Bruno.

— E se a gente não entendesse o que ele tinha visto? — perguntou Mirabel.

— Então era melhor descobrir, porque a coisa terrível estava vindo atrás de você!

Tia Pepa aproximou-se do marido, na esperança de impedir que ele falasse mais do Bruno. Então, Tio Felix olhou para ela de um jeito que a convenceu a contar a verdade. Já estava na hora.

Hesitante, Tia Pepa relembrou o dia de seu casamento. Não havia uma nuvem no céu até Bruno aparecer. O irmão chegou e disse que parecia que ia chover. Eles acabaram se casando em um furacão. Conforme eles descreviam o dia, Mirabel praticamente podia sentir os ventos fortes soprando e as gotas de chuva batendo em seu rosto.

Enquanto Pepa e Felix falavam sobre o desastre do dia do casamento, outros membros da família apareceram na porta. A prima Dolores puxou Mirabel de lado para compartilhar suas próprias experiências com Bruno. Ela explicou que passou a viver com medo de Tio Bruno. Ele vivia murmurando e cochichando sozinho, e ela conseguia ouvir tudo com sua audição sobre-humana. Ela chegou até a associar o som da areia caindo a ele. Mirabel arregalou os olhos ao lembrar-se de toda a areia na torre de Bruno. Será que Dolores conseguia ouvir a areia daquela distância tão grande?

Para Camilo, Tio Bruno era um monstro gigantesco que rondava a cidade vestido de preto, alimentando-se dos sonhos das pessoas! Mirabel estava finalmente começando a entender por que ninguém falava sobre seu tio. Todas as histórias eram horríveis. Todas, exceto uma.

Era a de Isabela.

Claro, Isabela se gabava de que Bruno havia previsto que ela teria tudo o que desejava na vida! Quer algo mais perfeito que isso?

Dolores aproximou-se de novo de Mirabel e acrescentou que Bruno lhe dissera que o amor de sua vida se casaria com outra. Que destino terrível! Não é à toa que a família nunca falava dele.

Enquanto os familiares terminavam suas histórias horrendas sobre Bruno, Mirabel se perguntava se seria melhor prestar atenção no aviso de Tia Pepa e nunca mais mencionar o nome de Bruno. Afinal, ele havia abandonado a família.

Os Madrigal tinham assuntos mais importantes para tratar naquela noite. Afinal, a família Guzmán estava a caminho. Mariano Guzmán iria pedir Isabela em casamento!

Enquanto todos corriam para se preparar para a visita da família Guzmán, Mirabel foi ver se Luisa estava bem. Ficou chocada ao ver que sua irmã estava com dificuldade para abrir um pote comum de picles.

Mirabel recuou. Mas, quando passou pela porta de Luisa, o brilho dela piscou e diminuiu. Será que Luisa estava certa? Sua magia estava desaparecendo? Talvez ainda houvesse outros assuntos importantes além da família Guzmán.

Mirabel não tinha tempo a perder. Correu de volta para seu quarto para estudar a visão. A garota aparecia parada na frente da casa rachada.

— Mirabuuu! — gritou Agustín, enfiando a cabeça no quarto e interrompendo a linha de pensamento da filha. — Já colocou sua roupa de festa? Porque eu...

Os olhos dele se estreitaram na direção da visão. Ele olhou para Mirabel, assustado. A casa tentou esconder a visão atrás de Mirabel, mas não conseguiu porque demorou demais para reagir. Ele tinha visto. Mirabel foi pega no flagra! Por um segundo, ela pensou em inventar uma história, mas não conseguia pensar em nada. Então, contou a verdade.

— Eu invadi a torre do Bruno; encontrei a última visão dele. A família está com problemas, a magia está morrendo, a Casita vai cair. O dom de Luisa se foi, e eu acho que é tudo por minha causa — desabafou a garota.

O pai ficou em silêncio.

— *Papá?*

Os olhos dele se arregalaram como se ele estivesse bolando um plano.

Antes que Mirabel percebesse, ele começou a enfiar os cacos no bolso e a divagar.

— Não vamos dizer nada. Abuela quer que esta noite seja perfeita até a saída da família Guzmán. Você não invadiu a torre do Bruno. A magia não está morrendo. A casa não vai cair. O dom de Luisa não se foi. Ninguém vai saber. É só agir naturalmente. Ninguém precisa saber.

De repente, houve um barulho do lado de fora da porta. Dolores estava do outro lado do pátio na sacada, olhando para eles com olhos selvagens e preocupados. Ela tinha ouvido tudo! Agustín e Mirabel foram pegos no flagra!

Capítulo
onze

Na ampla sala de jantar, a família estava sentada ao redor de uma grande mesa posta com os melhores talheres e pratos. Ao lado de Abuela, estavam seus convidados de honra especiais: o belo Mariano Guzmán e sua *abuela*, que tinha fama de ser muito bem-educada. Abuela Alma colocou a vela mágica por perto para impressioná-los. Ela acreditava que o casamento de Mariano e Isabela era uma grande vitória para a família e para toda a comunidade.

Mirabel sentou-se à mesa entre Isabela e seu pai. Sabendo que o jantar daquela noite era muito importante, e que Dolores sabia sobre a visão, Mirabel fez o possível para agir o mais normal possível. No entanto, ela não acreditava que Dolores conseguiria esconder de todos o que tinha escutado. Sentada à mesa no lado oposto ao de sua prima, Mirabel observava Dolores com um contato visual inabalável.

Dolores olhou para Luisa, que mal conseguia levantar o prato, e depois de novo para Mirabel, que a encarava com olhos intensos que diziam "não se atreva!".

Dolores olhou de volta, com dor. Ela estava se esforçando para manter o segredo. Mirabel lançou a Dolores um olhar severo. Aquela noite não era o momento para isso! Dolores olhou de volta, parecendo que iria explodir a qualquer momento!

— Não, somos nós que temos a honra de jantar com a família Madrigal! — exclamou Abuela Guzmán. — Uma reputação excelente, mas, quando se trata de Mariano, é sempre melhor ver pessoalmente.

Abuela Alma ergueu o copo e todos seguiram o exemplo.

— Sim, então, brindemos a uma noite perfeita! — exclamou, com um sorriso levemente nervoso.

— À uma noite perfeita. *Salud!* — todos responderam. Enquanto as duas *abuelas* continuavam a conversar, Mirabel não tirava os olhos de Dolores, dando um aviso silencioso: "Não diga nada!".

— Batatas? — Mariano passou uma tigela para Mirabel, forçando-a a desviar o olhar de Dolores. Assim que o contato visual ameaçador terminou, Dolores se inclinou para Camilo e cochichou no ouvido dele. No mesmo instante, Camilo começou a engasgar com a comida. Sua cabeça se transformou na de Abuela Guzmán, e a comida voou para a mesa.

— Camilo, conserte seu rosto — disse Tio Felix. O rosto de Camilo voltou ao normal, e ele olhou para Luisa e depois voltou a olhar para Mirabel, que deu a ele o mesmo olhar intenso de silêncio que tinha lançado para Dolores.

— Água? — disse Isabela. A jarra de água passou, bloqueando a visão de Mirabel. Assim que saiu do campo visual dela, Camilo contou para seu pai.

Os olhos de Tio Felix se arregalaram. Ele começou a engasgar com um pouco de comida e então vomitou no prato de Abuela Guzmán!

Todos à mesa ficaram paralisados. O que estava acontecendo? Abuela Alma, preocupada com tudo o que tinha visto, tentou fingir que não era nada de mais.

— Casita! Acho que precisamos de um novo prato — ordenou ela.

A casa travou e tentou entregar um prato, mas, em vez disso, balançou vários pratos, que caíram no chão com um tinido alto, assustando alguns dos amigos animais de Tonito.

Abuela Guzmán parecia estranhar a situação, mas fingiu não perceber nenhum comportamento incomum ao seu redor.

— Todos no Encanto ficaram tão aliviados por Antonio ter recebido seu dom. É bom saber que a magia está mais forte do que nunca — disse ela.

Luisa se segurou, tentando conter o choro.

— Sim... é verdade, é verdade mesmo — concordou Abuela Alma, sorrindo. — Mirabel? O sal, por favor?

Feliz por ser útil, Mirabel sorriu para sua *abuela* e virou-se para o pai, que estava sentado ao lado dela, e pediu o sal.

— *Papá!* O sal!

Agustín tentou entregar o sal para a filha, mas sua mão tremia, descontrolada. Mirabel rapidamente o pegou e passou para Abuela.

— *Gracias*, Mirabel.

— Sem problemas, *abuelita* — disse Mirabel, dando um sorriso largo. — Eu só quero *ajudar* esta família.

Um trovão rugiu.

Era Pepa!

Assim que Tio Felix terminou de cochichar no ouvido de Pepa, um pequeno furacão rodopiante se formou sobre a mesa da sala de jantar.

— Ah, que curioso! — exclamou Abuela Guzmán, notando a pequena tempestade.

— Pepa! A nuvem — disse Abuela, envergonhada. Julieta se inclinou para a irmã, preocupada. Então, Pepa sussurrou em seu ouvido, fazendo a mãe de Mirabel corar.

— O quê? — Julieta perguntou, pega de surpresa. Ela olhou para Mirabel e pareceu profundamente preocupada. Tentando evitar o olhar da mãe, Mirabel olhou para o chão... onde pequenas rachaduras começaram a se formar. Ela se agachou e entrou embaixo da mesa para conseguir ver melhor. Estavam se espalhando pela casa toda!

— Mirabel — gritou Mariano. Ela se ergueu depressa e bateu a cabeça na mesa. — Mais alguma rachadura? Ou você só as vê quando está tentando me tirar da pista de dança? — disse ele, brincando.

Ele riu de um jeito leve e encantador, sem perceber que rachaduras estavam se formando embaixo de todos eles! As duas *abuelas* riram educadamente, mas Mirabel percebeu que sua *abuela* estava suando.

— Ah! Sim. Não... essa é uma pergunta muito engraçada — respondeu Mirabel, dando uma olhada nas rachaduras que se espalhavam pelo chão. Logo, os animais de Antonio começaram a esvoaçar e a fazer uma comoção nervosa quando viram as rachaduras também.

— E, por falar em perguntas, em fazer perguntas, tinha alguma... hmm, pergunta que você queria fazer para Isabela? Hoje à noite? Tipo agora, agora mesmo?

Isabela virou-se para Mirabel, irritada.

Confusa com a súbita reviravolta dos acontecimentos, Abuela Guzmán se pronunciou:

— Bom, como todo mundo aqui tem um talento, meu Mariano quer começar a noite com uma música. Luisa, você poderia trazer o piano?

Luisa, que estava chorando na outra ponta da mesa, levantou a cabeça.

— Ok. — Ela soluçou. Então, se levantou da mesa devagar e se arrastou para pegar o piano, mesmo sabendo que não conseguiria levantá-lo.

As rachaduras se multiplicaram. Definitivamente não havia tempo para músicas românticas. A família estava em perigo. O pedido de casamento tinha que acontecer naquele momento, para que a família Guzmán pudesse ir embora. Mirabel se levantou de seu lugar.

— Na verdade, é tradição familiar cantar depois — disse Mirabel, empurrando Mariano de joelhos na frente de Isabela e fazendo um sinal para ele começar.

— Uh... Isabela, a mais graciosa da família Madrigal... — gaguejou ele.

Enquanto as rachaduras continuavam a se espalhar pelo chão, Mirabel tentou impedir que a família as visse. Para isso, chegou mais perto de Mariano e Isabela de um jeito bem constrangedor. Em sua visão periférica, ela notou que Tia Pepa olhava para algo na parede. Será que ela tinha visto as rachaduras também? O trovão explodiu acima deles.

Mais trovões surgiram, assustando os animais, que rapidamente correram para debaixo da cadeira de Agustín. Alguns dos quatis avistaram os cacos brilhantes no bolso dele. Fazendo muito barulho, eles começaram a puxá-los de dentro do bolso e a montá-los no chão.

— A flor mais perfeita de todo este... Encanto... — continuou Mariano, tentando concluir o pedido de casamento, apesar da mudança repentina de clima e do barulho alto do piano que Luísa arrastava pelo chão. — Você quer...

Abuela Guzmán olhava confusa para a cena. Então, quando Mirabel se mexeu um pouco, a mulher viu as rachaduras serpenteando pela casa.

— O que está acontecendo?! — gritou Abuela Guzmán.

Abuela Alma ficou absolutamente aterrorizada. A noite perfeita tinha sido um desastre terrível! Ela sabia que não podia mais esconder a verdade. Assim que estava prestes a falar, Dolores a interrompeu.

— Mirabel encontrou a visão de Bruno: ela está na visão, ela vai destruir a magia, e agora estamos todos condenados!

Como se fosse uma deixa, os quatis espertos pegaram a visão do chão e a levaram até a mesa para todos verem. Não havia como negar! Totalmente montada, a visão mostrou Mirabel na frente de uma Casita rachada. Todos ficaram surpresos e olharam várias vezes para Mirabel, e depois para a visão.

Então as rachaduras ondularam pelo resto da casa, e pareciam partir do lugar onde Mirabel estava. Os poderes de todos estavam em frangalhos! A casa se desesperou e derrubou as cadeiras.

O piano tombou. E, no alto, uma nuvem de tempestade soltou uma torrente de água sobre a mesa. Em choque, Isabela soltou um buquê de flores direto no rosto de Mariano!

— Ah, meu nariz! — gritou ele. — Ela quebrou meu nariz!

Pior ainda, o vaso da vela também estava rachado. A vela mágica estava derretendo! A família inteira virou-se para Mirabel com olhares acusadores, como se tudo fosse culpa dela. Na opinião deles, a visão indicava que ela era a culpada por toda a destruição. Até mesmo sua mãe parecia convencida de que era culpa de Mirabel.

— Abuela... eu... — gaguejou Mirabel.

— Venha, Mariano! — ordenou Abuela Guzmán. — Já vi o suficiente! Vamos embora! — concluiu. Então, se levantou e saiu marchando da sala de jantar em direção ao pátio, tomando cuidado para desviar dos animais ao sair.

— Espere! *Señora*, por favor! — implorou Abuela Alma, levantando-se para seguir Mariano e Abuela Guzmán.

— Abuela, por favor! — disse Mirabel.

Alma se virou para a garota e ordenou:

— Fique ali mesmo! Nem mais uma palavra! Vá para o seu quarto!

— Não é minha culpa!

Isabela passou por Mirabel.

— Eu te odeio! — gritou Isabela ao subir as escadas para seu quarto.

Luisa também passou por Mirabel, aos berros:

— Ah, eu sou patética!

— Luisa! — Agustín gritou, correndo atrás dela.

— O que você fez? — disse Julieta para Mirabel, correndo atrás de Isabela. — Isa! Espere!

Mais rachaduras se espalhavam pela casa.

— Eu não estou fazendo nada! Não sou eu, é o Bruno! — Mirabel berrou para quem quisesse ouvir.

— Bruno não está aqui! — gritou Abuela.

De repente, um brilho verde deslizando pelo chão chamou a atenção de Mirabel. Era uma parte da visão, mas como estava se movendo?

— Eu sei disso... — disse Mirabel, paralisada ao ver os cacos verdes em movimento. Ela os observou até descobrir que os pedaços estavam sendo levados por ratos! — Eu sei que ele não está... aqui.

Os ratos levaram a visão da sala de jantar para o andar de cima.

— Nós estamos bem! — gritou Abuela para a família Guzmán. — A magia é forte! — Ela

bateu a porta atrás deles. — Nós somos a família Madrigal!
 Então ela se virou e gritou:
 — Mirabel!
 Mas a garota já tinha ido embora.

Capítulo
doze

Trovões retumbaram e relâmpagos brilharam por todo o Encanto.

Mirabel seguiu os ratos. Eles a levariam até as respostas. Ela simplesmente sabia disso! Ela os perseguiu ao longo da passarela superior da casa. Estava se aproximando quando, depois de virarem uma esquina, eles desapareceram.

Mirabel procurou por algum sinal deles. Ela ouviu um barulho e vislumbrou uma única cauda de rato desaparecendo por uma abertura que havia debaixo de um grande quadro. Mirabel aproximou-se com cuidado. Ela estudou a moldura e então lentamente a abriu como uma porta, revelando uma passagem secreta dentro das paredes de sua casa.

Ela atravessou a passagem e descobriu que, embora estivesse escuro, ela conseguia ver que as paredes estavam cobertas de rachaduras assustadoras, que pareciam se mover pelas paredes, ondulando como se estivessem vivas.

Um rato carregando um fragmento de visão passou pelos pés de Mirabel e entrou na escuridão. Ela observou o brilho verde recuar para dentro do espaço vazio e depois flutuar como se alguém o estivesse levantando. Mirabel apertou os olhos para enxergar melhor algo que se formava sob o brilho verde do fragmento.

Cabrum! Um relâmpago iluminou a sala e revelou... BRUNO! Ele segurou um rato na mão e pegou o caco.

Mirabel e Bruno se entreolharam por um segundo, e de repente, em outro estalo, ele se foi! Sua sombra fugiu por um corredor.

Ela não podia deixá-lo escapar. Aquela era sua única chance de descobrir a verdade sobre a visão. Ela correu atrás dele.

— Pare! — gritou ela, então se apressou pelo corredor sinuoso, acompanhando cada curva fechada e queda inesperada.

Enquanto isso, do outro lado da parede da passagem secreta, no quarto de Tia Pepa, Camilo tentava acalmar a mãe, que ainda estava abalada com a revelação de que a magia da família estava morrendo.

— Está tudo bem, mamãe. Inspire fundo, expire devagar...

Mirabel bateu com força na parede, fazendo Pepa pular com o impacto e acertar Camilo com um raio.

Enquanto Mirabel se recuperava da colisão com a parede, ela se aproximou de Bruno.

— Pare! Pare! — gritou ela.

De repente, ele pulou, atravessando um abismo em seu caminho. Mirabel parou, sem saber se conseguiria dar o salto. Parecia muito profundo e muito largo. Bruno correu na frente. Ele estava fugindo!

Mirabel reuniu toda a sua coragem e saltou. Ela conseguiu, mas, assim que pousou, o chão desmoronou debaixo dela. Ela se segurou na borda, mas seus dedos estavam escorregando e perdendo o apoio. Ela olhou para um poço profundo e infinito de escuridão.

— Não, não! Socorro! — gritou ela. — Casita?! Casita?! Socorro! Socorro!

Seus dedos não aguentaram mais, e ela começou a cair. De repente, sua mão foi agarrada no ar por... Bruno! Ele puxou Mirabel para cima.

Ela agora estava cara a cara com seu infame Tio Bruno. À primeira vista, ele parecia sinistro e ameaçador, mas, quando uma luz iluminou seu rosto, Mirabel viu que ele não era nada do que ela havia imaginado ou do que haviam lhe contado. Ele era magro e esguio, mas também parecia pertencer à família. Parecia um Madrigal. Era um deles.

— Você está muito suada — disse ele a Mirabel.

Ela ficou chocada com sua voz suave, mas antes que Mirabel pudesse responder, o chão sob os pés de Bruno desabou.

— Ah, não! — exclamou Mirabel.

Ele caiu, despencando no... chão, apenas alguns centímetros abaixo deles. Bruno olhou em volta, chocado por estar de pé.

— Humm. — Ele suspirou, então deu uma longa encarada em Mirabel. — Tchau.

Ele se virou e foi embora.

Capítulo treze

Mirabel correu atrás de Bruno.

— O quê? Não... espere!

Ela o seguiu pelos fundos da casa, onde os dois estavam cercados por canos, móveis antigos e relíquias. Enquanto se esforçava para acompanhá-lo, Mirabel percebeu que ele estava se comportando de uma maneira extremamente supersticiosa. Bruno evitava pisar em qualquer fresta. Depois, jogou sal por cima do ombro. E fazia ações repetitivas, tudo para evitar algum desastre desconhecido.

Mas Mirabel tinha coisas mais importantes para perguntar ao tio, que havia passado tanto tempo longe da família.

— Espere, por que eu estava na sua visão? O que isso significa? — questionou enquanto Bruno continuava fugindo. — É por isso que você voltou?

Bruno parou e bateu em uma parede.

— *Uno, dos, tres*, quatro, cinco, seis — disse ele, então prendeu a respiração.

Mirabel o observava curiosa.

— Tio Bruno? — disse ela. Ele passou por um conjunto de tubos e soltou a respiração.

— *Uno, dos, tres*, quatro, cinco, seis. Você nunca deveria ter visto a visão, ninguém deveria. Um pouco de sal — explicou ele, jogando sal nas costas, acertando Mirabel.

— Mas... — gaguejou ela, cuspindo sal.

Bruno assobiou.

— Meus três apitos... giram... Ah, agora me sinto melhor, bem melhor... — murmurou ele para si mesmo.

Mirabel continuou a segui-lo. Ela precisava de respostas. Eles passaram por uma área com milhares de rachaduras que haviam sido remendadas. Os olhos de Mirabel se arregalaram de admiração com o trabalho.

— Espere, você estava aqui remendando as rachaduras esse tempo todo?

Bruno parou e deu uma longa olhada em todo o seu remendo.

— Ah, aquilo? Não, não, tenho muito medo de chegar perto daquelas coisas — respondeu Bruno. — Todo o remendo é feito por Hernando.

— Quem é... Hernando?

Tio Bruno vestiu o capuz.

— Sou Hernando e não tenho medo de nada — disse em voz baixa. Em seguida, removeu o capuz. — Na verdade sou eu — completou, usando sua voz normal. Então ele jogou um balde na cabeça. — Eu sou Jorge. Eu faço a massa corrida.

Mirabel o encarou, percebendo que Tio Bruno talvez estivesse completamente fora de si.

— Há quanto tempo você voltou? — perguntou ela com doçura.

Bruno olhou para Mirabel e depois para o rato em seu ombro, como se estivesse debatendo com ele sobre como responder. Mirabel olhou ao redor e notou as estranhas quinquilharias de uma casa atrás das paredes. Havia bugigangas e heranças de família. A verdade atingiu Mirabel como um raio.

— Você nunca foi embora — desabafou ela.

— Bem, eu saí da minha torre... sabe, ela tinha muitas escadas e, hmm, aqui eu fico na cozinha ao lado, e tem entretenimento gratuito.

— disse Bruno, apontando para um improvisado teatro de ratos que ele havia feito. O teatrinho tinha recortes de papelão, onde os ratos enfiavam o rosto para alcançar a comida do outro lado. Sem saber, eles estavam atuando em pequenas peças de teatro. — Do que você gosta? Esportes? Programas de jogos? Ah, novelas? O amor impossível.

— Não entendo.

Bruno apontou para seu teatro caseiro de ratos.

— Bem, veja, o que aconteceu é que ela é tia dele, mas ela tem amnésia, então não consegue se lembrar que é tia dele. É como um tipo muito proibido de...

Mirabel afastou o teatro de papelão para que Bruno se concentrasse.

— Eu não entendo por que você "foi embora", mas não foi!

Bruno olhou para baixo e se mexeu, incomodado.

— Ah, bem... as montanhas ao redor do Encanto são bem altas... e, como eu disse, comida grátis... e, ah...

Mirabel viu um raio de luz atravessando a parede. Ela o seguiu e espiou, então descobriu que a sala de jantar da família Madrigal ficava do outro lado. No interior da casa, Bruno havia colocado uma mesa e uma cadeira para comer sozinho. O coração de Mirabel derreteu. Ela olhou para ele com a triste percepção de que aquela era a maneira que ele tinha encontrado de ainda fazer parte do jantar em família. Ele nunca quis abandoná-los... alguma coisa o fez ir embora.

Bruno desviou o olhar, envergonhado.

— Meu dom não estava ajudando a família — disse ele, triste. — Mas eu amo minha família. Eu só não sei o que fazer... o que... entende?

Ele olhou nos olhos de Mirabel, que logo se deu conta de que eles dois eram muito parecidos em vários aspectos. Ela também amava sua família, mas muitas vezes se sentia invisível e insignificante. Bruno sacudiu a tristeza.

— De qualquer forma, acho que você deveria ir porque... bem, na verdade, não tenho um bom motivo. É que estou ficando incomodado.

Mirabel se aproximou de Bruno para olhar de verdade para ele. Ela finalmente se deu conta; agora sabia que ele nunca quis prejudicar a família. Todas aquelas histórias que sua família havia contado – eles simplesmente não conseguiam ver nele o que ela estava vendo. Ela o pressionou.

— Por que eu estava na sua visão? Tio Bruno?

Ele olhou para ela com ar de quem duvidava que ela entenderia, mas Mirabel sabia exatamente como ele estava se sentindo. Ela não tinha um dom como ele, mas, de alguma forma, estava machucando a família e não conseguia ajudar. Talvez a visão tivesse as respostas.

— Eu só queria deixar a família orgulhosa de mim. Só uma vez — disse ela, baixinho. — Mas será que devo parar... será que estou machucando nossa família? Só me diga isso.

Bruno olhou para ela. Ele não tinha certeza se deveria revelar seu segredo profundo.

— Eu não posso contar... — disse ele.

Mirabel soltou um suspiro frustrado e desviou o olhar.

— Porque eu não sei — concluiu, então pegou os cacos do bolso e os juntou. — Eu tive essa visão na noite em que você deveria ter recebido seu dom — explicou ele. — Abuela estava preocupada com a magia, então ela me implorou para olhar para o futuro, para ver o que isso significava.

Enquanto falava, Bruno voltou àquela noite fatídica. Suas memórias se desenrolaram nos cacos verdes brilhantes. Ele continuou:

— E eu vi nossa casa quebrando, a magia em perigo, e depois vi você. Mas a visão era diferente e ia mudar. E não houve resposta. Nenhum destino certo. Como se seu futuro não estivesse decidido, mas eu sabia o que ia acontecer. Eu sabia o que ia acontecer porque eu sou o Bruno, e todo mundo iria imaginar o pior, então...

Nesse momento, Mirabel percebeu que o próprio Bruno havia destruído a visão. Ele não queria que ninguém a visse para que não a usassem contra ela. Ele estava fazendo um favor para ela.

— Eu não sei como as coisas vão acontecer, mas meu palpite: o que quer que esteja acontecendo, as rachaduras, a magia, o destino de toda a nossa família... tudo isso está em suas mãos.

— Minhas? — disse Mirabel, surpresa. Talvez a visão não estivesse mostrando que ela destruiria a casa e a magia. Talvez significasse que ela salvaria a Casita!

— Sim — Bruno disse, então olhou para ela e deu de ombros. — De qualquer maneira, você recuperou a visão e mostrou tudo para a família, então, quem sabe, talvez você estrague tudo mesmo.

O olhar de Mirabel foi para o chão e sua esperança desmoronou.

Bruno pegou uma xícara de café, tirou um rato de dentro e bebeu.

— Ou não. É um mistério. É por isso que minhas visões são pfffrrr! — disse ele, soprando com a língua entre os lábios, em tom de desprezo.

Tio Bruno colocou um braço em volta dos ombros dela e a acompanhou até uma porta.

— Olha, se eu pudesse ajudar mais, eu ajudaria, mas, hum... o que acontece agora é com você — disse ele, conduzindo Mirabel para o espaço vazio entre as paredes de sua casa e fechando a porta.

Mirabel ficou atordoada. Tio Bruno havia dito que a visão era indecifrável. Ele disse que ela iria mudar constantemente. Cheia de incertezas. Sem destino certo. A garota pensou muito a respeito, mas, de repente, através das paredes, ouviu as vozes angustiadas de sua família.

— Era para ser perfeito. Eu a odeio! — gritou Isabela.

— Luisa está muito mal! O dom dela desapareceu totalmente! — exclamou Julieta.

— Como sabemos que o Encanto ainda está seguro? — perguntou Tio Felix.

— Ela vai me fazer perder minha magia? — choramingou Camilo.

— Mirabel estava naquela visão por um motivo. O que mais isso poderia significar?

— gritou Abuela Alma, em tom mais alto que os outros.

Mirabel não estava pronta para desistir. E daí se toda a família pensasse que ela estava tentando destruir a magia? A preocupação deles os impedia de enxergar a verdade! Ainda havia uma maneira de salvar o milagre e provar seu valor para a família. De repente, ela teve uma ideia. Determinada, voltou pela porta e, desta vez, não ia deixar Bruno colocá-la para fora!

Capítulo catorze

Mirabel invadiu a casa de Bruno e disse:

— Você tem que ter outra visão.

— O quê? Não, não tenho, não. Eu não tenho mais visões — gaguejou ele, surpreso com o rápido retorno da sobrinha. Ele cambaleou para trás, para se afastar dela.

— Você não pode simplesmente dizer: "O peso do mundo está em seus ombros. Fim" — explicou Mirabel. — Se o seu destino depende de mim, eu estou dizendo agora para você ter outra visão. Talvez ela me mostre o que fazer.

— Não, eu não tenho mais visões — disse Bruno, balançando a cabeça vigorosamente.

— E o que custa tentar? — perguntou Mirabel.

— Olha, mesmo se eu quisesse, coisa que eu não quero — continuou ele —, você destruiu a minha caverna de visões. Pois é, eu fiquei sabendo. E agora isso é um problema, porque eu preciso de um grande espaço aberto.

— Ah, qual é! Os dois esquisitos da família se encontrando? Para mim, parece coisa do destino — falou Mirabel, totalmente implacável.

— Mesmo assim, não tenho um grande espaço aberto.

De repente, o tucano de Antonio pousou entre eles. Mirabel e Bruno se viraram e viram uma anta, uma capivara entediada e a onça feroz, com Antonio logo atrás.

— Vocês podem usar meu quarto. Os ratos me contaram tudo — explicou Antonio, então lançou um olhar para a onça. — Não engula isso!

A onça, de olho nos ratos de Bruno, recuou.

Mirabel olhou para o tio. Não ia aceitar um "não" como resposta.

— Tio Bruno, nossa família precisa de ajuda — disse ela. — E você precisa sair daqui.

— Você não vai me deixar em paz, né? — perguntou Bruno.

Enquanto isso, sem que Mirabel e o resto da família soubessem, a vela começou a piscar de um jeito estranho em sua prateleira especial no pátio. Algumas crianças que brincavam na frente da casa viram toda a cena e ficaram horrorizadas quando uma rachadura fina serpenteou pelo chão ao lado delas. A casa tremeu, e elas saíram assustadas.

No salão de entrada, Abuela Alma convocou uma reunião de família. Ela falou para Agustín:

— Você deveria ter me contado no instante em que descobriu a visão!

— Eu estava pensando na minha filha. Ou ela não conta? — revidou Agustín.

— Pepa, calma! — pediu Abuela, enquanto granizo caía sobre todos eles.

— Esta sou eu sendo calma. Eu estou calma! — exclamou Tia Pepa.

— *Mamá*, você sempre foi muito dura com Mirabel — disse Julieta.

Nesse momento, houve um ruído alto. Novas rachaduras riscaram a parede do salão de entrada, derrubando o retrato de Abuelo Pedro no chão.

— Olhem em volta — falou Abuela. — Precisamos proteger nossa família, nosso Encanto. Não podemos perder nossa casa.

Tio Felix apareceu na porta:

— Abuela, a cidade está atrás de você. Eles estão desesperados.

Abuela olhou para a cidade.

— Quando eu voltar, falarei com Mirabel. Encontrem-na! — ordenou Abuela.

A casa estremeceu novamente.

Capítulo
quinze

Momentos depois, Mirabel e Bruno estavam no quarto de floresta tropical de Antonio. Bruno logo começou a trabalhar, formando um círculo para sua visão. Enquanto ele agia, todos os animais de Antonio observavam. A sala retumbou e sacudiu, como se a casa de repente tivesse ficado instável.

— Acho melhor a gente se apressar — disse Mirabel, preocupada.

— Não dá para apressar o futuro — respondeu Bruno. Assim que terminou seu círculo, passando por cima de uma capivara teimosa que não estava disposta a se mover, ele olhou para Mirabel com ar de preocupação. — E se eu te mostrar algo ainda pior? Se eu vir algo ruim, vai acontecer.

— Eu não acho que você faz as coisas ruins acontecerem. Só acho que a maioria das pessoas só vê as coisas de uma maneira específica — respondeu Mirabel. Bruno olhou pensativo para a garota, que completou: — Você consegue.

Antonio entregou a Bruno a onça de pelúcia que Mirabel havia feito para ele. Com esse gesto, o menino esperava que o animal desse coragem ao tio, assim como havia lhe dado coragem no dia de receber seu dom. Bruno pegou o brinquedo e o abraçou.

— Para dar sorte — disse Antonio. Ele deu um sorriso para Mirabel, para mostrar que acreditava nela; então deixou os familiares seguirem com o trabalho.

Bruno olhou para a onça de pelúcia que segurava. Ele respirou fundo e pegou seu poncho. Da roupa, tirou uma cápsula dourada. Então, abriu a cápsula e tirou um fósforo de dentro dela.

— Eu consigo. Eu consigo. *Uno, dos, tres,* quatro, cinco, seis.

Bruno acendeu o fósforo e o jogou em uma pilha de folhas molhadas. Rapidamente, a fumaça espiralou ao redor dele e de Mirabel. Ele fechou os olhos e começou a contar:

— *Uno, dos, tres,* quatro, cinco, seis... *Uno, dos, tres,* quatro, cinco, seis.

A magia encheu a sala.

Sem que Bruno percebesse, sua porta no corredor começou a brilhar novamente. Fazia anos que a porta de Bruno não brilhava; havia parado no dia em que ele deixou a família.

De volta ao quarto de floresta tropical de Antonio, tudo estava brilhando! Começou uma rajada de vento, soprando folhas e transformando as cachoeiras em uma névoa que rodopiava ao redor deles. Mirabel olhou para Bruno, cujos olhos tinham se tornado verde-esmeralda brilhante e reluziam como purpurina.

— Acho melhor você se segurar — avisou Bruno.

Mirabel agarrou a mão dele, apertando com força enquanto a rajada de vento e a magia continuavam a aumentar, até que... *vuuush*! Mirabel foi transportada para dentro da visão. Lá, viu sua família sendo perseguida por uma rachadura sinistra! Então, surgiu uma forma.

— Não consigo! — gritou Bruno, sentindo dor. — Não consigo! É a mesma coisa!

— Não, eu não vou poder ajudar se eu não souber o que fazer — disse Mirabel. — Preciso saber que caminho ela vai seguir! Deve haver uma resposta que não estamos vendo!

Ao redor deles, a floresta tropical tremeu. A magia estava tentando se salvar.

— Tio Bruno, a família precisa de você — disse Mirabel, dando um aperto suave na mão dele, para que ele soubesse que ela acreditava nele. O incentivo funcionou. A visão de Tio Bruno ficou mais clara e brilhante. A garota via algo se formando. O que será que era? Ela olhou mais de perto e viu uma borboleta voando em direção a um pequeno brilho.

— Ali! Bem ali! — gritou ela, animada.

— Borboleta. Siga a borboleta — disse Bruno. — Tem outra pessoa...

— Quem é? — Mirabel olhou mais de perto, mas a silhueta ainda estava se formando.

— Abrace-a e você verá o caminho...

— Quem? — perguntou Mirabel.

— Abrace-a. Você verá o caminho. Abrace-a e você verá o caminho — continuou Bruno, como se estivesse entoando um canto.

Mirabel se aproximou. Ela precisava saber quem deveria abraçar.

— Quem...

— Abrace-a. Você verá o caminho. Abrace-a e você verá o caminho — repetiu Bruno.

— Abraçar quem? — perguntou Mirabel, dando um passo em direção à pessoa para enxergar melhor. Então ficou claro. Era... — Isabela! — desdenhou.

Um feixe de luz encerrou a visão. Bruno se sacudiu, saindo do transe.

— Sua irmã, que ótimo! — disse ele.

Mas Bruno não entendia. Não parecia ótimo. Não depois do pedido desastroso de casamento, e também porque agora Isabela tinha muitas outras razões para não gostar da irmã.

Mirabel segurou na mão de Bruno e os dois saíram em direção ao quarto de Isabela. Mesmo sabendo que a irmã estava brava com ela, não havia tempo a perder. O Encanto precisava dela.

Capítulo
dezesseis

Mirabel estava confusa.

— Afinal, o que isso quer dizer? Um abraço? Por que isso me faria "ver o caminho"? Ela não vai me abraçar — Mirabel resmungou atrás de um vaso de planta na frente da porta de Isabela. — Ela me odeia. Além disso, estraguei a proposta dela. Fora qu...

— Mirabel — disse Bruno, com uma voz calma, atrás de outro vaso alto.

— Que irritante! *Tinha* que ser Isabela.

— Mirabel.

— A Senhorita Perfeita *tem* que ter todas as respostas.

— Mirabel — disse Bruno, um pouco mais alto para chamar a atenção dela. — Desculpe, hum, você está... você está perdendo o foco. O destino da família não depende dela, depende de você — explicou ele. — E, antes que diga que não vai conseguir um abraço, você ajudou Antonio a abrir a porta dele, você me ajudou a ter a primeira visão boa da minha vida, você nunca desistiu, nunca. Você é a melhor de nós. Só precisa enxergar isso — concluiu ele, sorrindo para ela. — Sozinha... depois que eu for embora.

— Espere! Como assim? Você não vem?

Bruno moveu um vaso e se escondeu enquanto ia cambaleando em direção ao retrato que cobria a passagem secreta. Mirabel não podia acreditar que ele a estava abandonando.

— A visão era sua, não minha! — respondeu ele.

— Você está com medo de a *abuela* ver você — disse Mirabel, com a voz firme.

— Sim! Quer dizer... é, tem isso também — brincou ele. — Se você salvar a magia, venha me visitar.

— Quando eu salvar a magia, vou trazer você para casa — disse ela, sorrindo.

Bruno devolveu um leve sorriso para Mirabel. Então, pegou um rato do chão e começou a falar com o bichinho.

— *Uno, dos, tres,* quatro, cinco, seis.

Ele respirou fundo e desapareceu atrás do retrato, em sua passagem secreta. De repente, Mirabel se sentiu tomada pela tristeza. Ela olhou para a vela. A chama estava quase se apagando. A casa piscou, parecia que estava pifando.

Mirabel estava ficando sem tempo. Ela abriu a porta de Isabela e entrou em um quarto glorioso, carregado de flores. Para onde quer que a garota olhasse, havia flores vibrantes e trepadeiras verdes belíssimas, mas Isabela não estava em lugar algum.

— Olá, irmã! — Mirabel disse, com a voz mais doce que conseguiu. — Sei que tivemos nossos problemas, mas estou... pronta para ser uma irmã melhor. Então, podemos só... nos abraçar em reconciliação.

— Abraçar? — disse Isabela, aparecendo do nada. Mirabel estremeceu. Aquilo ia ser mais difícil do que ela esperava. — Luisa não consegue levantar uma empanada. O nariz de Mariano parece um mamão amassado. Você perdeu a cabeça?

Mirabel procurou Isabela no quarto e finalmente a avistou deitada em sua cama, cercada por flores ainda maiores e mais exageradas do que o habitual.

— Isa, eu sei que você está chateada... e você sabe o que resolve quando estamos chateados? Um abraço caloroso.

— Vá embora.

Uma videira florida envolveu Mirabel e começou a puxá-la para fora da sala.

— Isa... — Mirabel começou a dizer, mas uma flor se projetou da trepadeira e cobriu sua boca.

Isabela aproveitou a oportunidade para contar a Mirabel como ela realmente se sentia.

— Tudo estava perfeito! Abuela estava feliz. A família estava feliz. Você quer melhorar as coisas? Peça desculpas por ter arruinado a minha vida!

Ainda coberta de trepadeiras, Mirabel olhou para baixo, sem saber como pedir desculpas por algo que não era culpa dela. Na verdade, Isabela é quem deveria pedir desculpas. A casa tremeu novamente, e Mirabel soube que tinha que tentar:

— Sinto... muito... que sua vida seja tão boa.

— Fora! — Isabela fumegava. Com um aceno de mão, ela fez a planta arrastar Mirabel para fora do quarto, mas Mirabel conseguiu se segurar em um móvel.

— Espere! Isa, tudo bem! — disse ela, se rendendo. — Peço desculpas... — As vinhas lhe deram um puxão extra. — Eu não estava tentando arruinar sua vida. Algumas pessoas têm problemas maiores, sua princesa boba e egoísta!

— Egoísta?! — disse Isa, fazendo uma cara feia. — Eu tive que ser perfeita durante a minha vida inteira, e literalmente a única coisa que você já fez por mim foi estragar as coisas.

— Eu não estraguei as coisas! Você ainda pode se casar com aquele bonitão grande e burro...

— *Eu nunca quis me casar com ele! Eu estava fazendo isso pela família!* — Isa gritou quando um enorme cacto espinhoso brotou do chão entre as duas irmãs. O cacto tinha uma aparência estranha, diferente de qualquer um que Mirabel já tinha visto. Mais importante, era diferente de qualquer planta que ela já tinha visto sua irmã criar! Nada parecido com as lindas flores que decoravam o quarto de Isabela.

Isabela se encolheu, chocada com o que havia feito. Mirabel olhou para o cacto, muito assustada e preocupada.

— Isa? — chamou Mirabel, baixinho.

Ela olhou para a porta de Isa. O brilho começou a diminuir e aumentar, totalmente fora de controle. Será que era culpa dela? Será que ela tinha quebrado a magia de Isa?

— O que é aquilo? — perguntou Mirabel, incomodada.

Isabela se aproximou do cacto, não mais horrorizada, mas encantada. Ela o pegou e estudou sua estranha simetria. Era verdade. Ela *nunca* havia criado algo assim. Era afiado. Muito diferente das flores e trepadeiras verdes exuberantes.

Isabela não estava nem um pouco chateada. Estava maravilhada. Mirabel deu um passo para trás e viu como a irmã estava fascinada por criar algo novo, algo diferente. Parecia que ela já não estava brava. Ela parecia alegre de verdade. O que estava acontecendo?

Isabela saiu deslizando pelo quarto, fazendo plantas selvagens brotarem ao longo do caminho.

Acontece que Isabela não precisava deixar tudo bonito. Até então, ela estava escondendo sua verdadeira essência e, agora que havia criado algo "imperfeito", se sentia livre!

Mirabel seguiu a irmã pela sala, pensando que talvez essas novas plantas fossem um sinal. Talvez significassem alguma coisa. Talvez ela pudesse *finalmente* abraçar a irmã, terminar a visão e salvar a magia!

Mas Isabela estava muito focada em suas novas criações. Cada planta era um obstáculo entre Mirabel e a irmã, mas ela continuou tentando ir atrás de Isabela.

Logo a garota estava sendo empurrada e puxada pela sala, por plantas maiores e mais extravagantes, todas elas criações estranhas e maravilhosas de Isabela. De repente, uma trepadeira se desdobrou na direção de Mirabel, mas Isabela puxou a irmã para um lugar seguro, uma maravilhosa cama de folhas verdes.

Mirabel ficou para trás e observou Isabela, que absorvia suas criações. Ela parecia tão cheia de admiração! Era um lado de sua irmã que ela nunca tinha visto antes. Mirabel sorriu, admirando a demonstração de criatividade e magia.

A cama de folhas se elevou no ar. Era uma palma de cera, que atravessou o teto do quarto de Isabela, empurrando as duas irmãs para o telhado da Casita. Elas atravessaram o telhado, e Mirabel viu a vela no pátio lá embaixo. Estava brilhando mais forte! O que quer que Isabela estivesse fazendo, estava fazendo a chama brilhar mais forte. Animada, Isabela continuou a criar combinações de plantas incríveis com espinhos, trepadeiras longas, folhas irregulares e flores ferozes de cera como ninguém jamais tinha visto. Mirabel a incentivava!

Enquanto trepadeiras penduradas e plantas espinhosas voavam pelo telhado, as irmãs se agarraram, então mergulharam em um caleidoscópio de plantas e flores, pousando no pátio, em uma maravilhosa pilha de pétalas, plantas e flores. As duas meninas não conseguiam parar de rir. Isa olhou para Mirabel. Ela estava grata e feliz! Isa se aproximou para dar um abraço na irmã, mas Abuela apareceu de repente no pátio.

— Mas o que foi que vocês fizeram?! — rugiu a avó.

Capítulo dezessete

Mirabel e Isabela sentaram-se e viram Abuela, acompanhada de Tia Pepa, olhando para elas. Todas as plantas silvestres de Isabela haviam tomado conta do pátio. Ouvindo a comoção, os pais de Mirabel vieram correndo do andar de cima. Mirabel olhou e percebeu que o vestido perfeito de Isabela agora estava salpicado com todos os tipos de cores vibrantes. Estava lindo! Mas, com o olhar severo da avó, Isabela passou de alegre a envergonhada. Mirabel sorriu para a irmã, demonstrando apoio.

— Abuela, você não entende. Deixamos a vela mais brilhante — Mirabel tentou explicar.

— Do que você está falando?! — gritou Alma. — Olhe para sua irmã! Olhe para a nossa casa! Abra seus olhos!

— Por favor, escute... Isabela não estava feliz — explicou Mirabel.

— É claro que ela não estava feliz. Você arruinou o pedido de casamento dela!

— Encontrei uma maneira de ajudá-la. A vela estava com o brilho mais forte que eu já vi. Eu estava na visão porque eu devo ajudar a família.

— Mirabel — disse Abuela, balançando a cabeça, sem acreditar.

— Eu devo salvar a magia. Você só tem que ouvir...

— Você tem que parar, Mirabel! — avisou Abuela. — As rachaduras começaram por causa de você.

Mirabel não estava pronta para recuar. Será que ela era a única que estava enxergando as coisas como realmente eram? Por que sua *abuela* não conseguia ver a verdade? O que estava acontecendo com a família?

— Não — disse Mirabel. Um tremor repentino retumbou sob os pés de todos. O Encanto estava se quebrando.

— Bruno abandonou nossa família por sua causa! — disse Abuela. — Luisa perdeu os poderes. O pedido de casamento de Isabela foi arruinado. Não sei por que você não recebeu um dom, mas sua recusa em aceitar isso está acabando com a nossa família! Nossa casa está morrendo por sua causa!

Enquanto Abuela continuava a culpar Mirabel, mais rachaduras se formaram.

Mirabel mal conseguia falar. Ela olhou para Isabela e Luisa e depois olhou de volta para Abuela. A dor de ser culpada foi pior do que aquilo que ela tinha sentido na noite em que não recebeu um dom. Ela pensou em Tio Bruno e em tudo o que ele havia dito. Ele havia previsto que, com a visão, a família se viraria contra ela. Ele tinha razão. Era por isso que ele mantivera isso em segredo.

— Você está enganada — Mirabel disse baixinho, e as rachaduras que se formavam seguiram na direção de Abuela. A vela começou a piscar com defeito, enquanto mais rachaduras serpenteavam pelo chão e pelas paredes, aproximando-se da vela. A garota continuou: — Luisa nunca será forte o suficiente. Bruno não é bom o suficiente. Isabela não é perfeita o suficiente. E a noite em que não ganhei um dom foi... a noite em que você parou de acreditar em mim. — Rachaduras ondularam entre Mirabel e Abuela. — A casa está morrendo porque ninguém nesta família é o suficiente para você!

— Você não tem ideia do que eu fiz por esta família! — disse Abuela.

— Você não tem ideia do que você fez *com* esta família!

— Eu dediquei minha vida a proteger nossa família, nossa casa.

Fissuras surgiam em todo o Encanto. Preocupados com o que estava acontecendo, os moradores da cidade ficaram com medo e correram para a Casa Madrigal em busca de ajuda.

— Olhe ao redor! Nossa família está desmoronando por sua causa! — argumentou Mirabel.

Abuela ficou impressionada com as palavras fortes da neta. Mas, antes que ela tivesse a chance de responder, uma grande rachadura quase destruiu a casa ao serpentear em direção à vela. Mirabel olhou assustada para a cena. A casa parecia indefesa diante do que estava acontecendo e deixou escapar um grito doloroso. Para piorar, a vela estava prestes a cair em um abismo profundo.

— A vela! Salvem a vela! — gritou Tia Pepa.

A família entrou em ação. Isabela agarrou uma de suas trepadeiras para lançar a vela para cima e para longe do perigo, mas a trepadeira se desintegrou e virou pó, derrubando a garota no chão. Suas novas plantas espinhosas que cobriam o pátio também desapareceram.

— Não! — Isabela gritou, vendo sua magia desaparecer diante de seus olhos.

As montanhas ao redor do Encanto começaram a rachar. A magia estava morrendo rápido demais, e as rachaduras se espalhavam rapidamente, colocando toda a vila em perigo. Eles tinham que pegar a vela o quanto antes!

— Casita! — gritou Mirabel, pedindo para a casa ajudá-la mais uma vez. Uma grade da sacada caiu, fazendo um caminho para que Mirabel subisse até o telhado. Ela subiu o mais rápido que pôde.

Enquanto isso, o restante da família tentou salvar a vela também, mas a magia estava desaparecendo rapidamente.

Camilo correu para a frente, mudando de forma para pegar a vela, mas, ao estender a mão, voltou ao seu estado normal.

— Ah, não, não! — gritou Camilo.

Tia Pepa foi a próxima a tentar, exercendo seu poder sobre o clima para ajudar.

— Pepi, amor, você tem que parar o vento — pediu Tio Felix.

— Eu não consigo — lamentou ela. Seus poderes haviam desaparecido. Ela caiu, derrotada. Então, olhou para cima, preocupada. — Cadê o Antonio?

Dolores correu para encontrar Antonio e o viu em seu quarto. A árvore gigante no meio do cômodo balançou e tremeu. Ia esmagar tudo o que estivesse em seu caminho. Antonio pediu ajuda a seus animais, mas eles não conseguiam mais entendê-lo.

De repente, antes que a árvore caísse sobre a porta, a onça colocou Antonio e Dolores nas costas e correu para um lugar seguro. A explosão da árvore jogou todos pelos ares.

— Não! — gritou Pepa.

Tio Felix pegou Antonio, e a casa colocou Dolores em um carrinho de mão. Todos os animais correram para se salvar.

— Casita! Você tem que tirar todo mundo daí! Faça isso agora! — gritou Mirabel. Como os poderes de todos haviam falhado, a casa usou o resto de sua magia para tirar a família do perigo.

— Vamos! — chamou Tio Felix, enquanto Luisa reunia suas últimas forças para segurar uma viga de madeira para que a família pudesse escapar. Agustín e Julieta a ajudaram a sair de debaixo da viga quando a magia dela desapareceu.

Dentro da casa, Bruno tentou fugir dos espaços escondidos da Casita. Ele colocou um balde na cabeça e bateu em uma parede. A casa o ajudou, e ele pousou em um pedaço macio de grama, mas sua família ainda não sabia que ele estava ali. Do chão, ele olhou para a casa em ruínas.

— *Vámonos* todos, todos! — disse o pai de Mirabel, apressando todo mundo para fora da casa. — Vamos! Vamos!

Mirabel atravessou o telhado correndo. Ainda havia uma maneira de salvar a vela. A garota estava quase alcançando a vela quando o telhado soltou um gemido agudo e dolorido. Estava desmoronando! As telhas começaram a despencar quando ela pegou a vela.

— Mirabel, não! — Julieta chorou.

A casa deslizou as telhas para empurrar Mirabel para longe do caminho e para fora da varanda enquanto os destroços se espalhavam. Em seu ato final de amor, a casa protegeu Mirabel, salvando-a. Casita soltou poeira e a chama da vela se apagou.

— Não — sussurrou Mirabel, em meio aos escombros e à poeira. A seus pés, estavam os restos quebrados de sua bela Casita. Ela estendeu a mão pelos escombros para pegar um pedaço da casa.

A casa que ela amava se fora.

De longe, ela ouviu as vozes angustiadas de sua família. Observou quando Antonio disse algo ao tucano, que, sem conseguir entender o garoto, voou para longe.

— Não é à toa que ela não ganhou um dom — disse alguém.

— Não fale assim de Mirabel — falou outra pessoa.

— Não fale assim com meu filho.

— Não adianta ficar aqui.

— Ir embora? Como podemos ir embora?

— O Encanto está quebrado. Ela nos obrigou a partir.

Ouvindo as reclamações, Mirabel foi embora.

— Cadê a Mirabel? Mirabel?! — gritou Julieta.

Mesmo ouvindo sua mãe chamar, Mirabel sabia que todos teriam uma vida melhor sem ela.

Quando eles se viraram para procurá-la, Mirabel havia desaparecido.

Capítulo dezoito

Mirabel arrastou-se pela passagem desmoronada das montanhas. Ela chegou à beira de um rio e tropeçou, caindo no chão e rasgando seu vestido. Ao ver seu reflexo na água, Mirabel balançou a cabeça e estremeceu. Tudo o que ela queria era deixar sua família orgulhosa, e havia falhado.

Ela se sentou em uma pedra para descansar e se orientar. Ela estava indo embora, mas não sabia para onde ir.

— Mirabel — disse uma voz suave e familiar. Abuela foi até ela. Ela havia seguido a neta da Casita.

— Desculpe — falou Mirabel, sentindo-se envergonhada. Sua voz estava baixa e triste.

— Eu não queria machucar a gente... eu só queria... ser algo que eu não sou...

Abuela se sentou ao lado dela, quieta e exausta. Mirabel nunca tinha visto a avó assim. De repente, ela parecia muito mais velha. Pela primeira vez, Abuela parecia frágil.

— Eu nunca tive coragem de voltar aqui — disse Abuela com profunda tristeza. Ela olhou para o rio como se fosse um velho amigo de seu passado. — Foi neste rio que recebemos nosso milagre.

Mirabel olhou para Abuela Alma.

— Foi aqui que Abuelo Pedro... — começou a garota, e Abuela fez um sinal afirmativo.

Mirabel não fazia ideia de que aquele era o rio de todas as histórias sobre Abuelo Pedro e da noite em que o Encanto se formou. Quais eram as chances de ela encontrar aquele lugar, exatamente naquela noite?

— Achei que teríamos uma vida diferente... Achei que eu seria uma mulher diferente... — explicou Abuela. Ela olhou de volta para a água, como se as respostas que ela queria estivessem lá, escondidas sob a superfície. Mirabel também olhou para dentro e viu, no reflexo da água, o rosto de sua *abuela* idosa se transformar no de uma jovem.

Pela água ondulada, Abuela contou a história dela e de Abuelo Pedro.

Na pequena aldeia onde sua *abuela* foi criada, as pessoas trabalhavam muito e a vida não era fácil. Um dia, Alma estava carregando uma grande cesta de comida. De repente, o relincho de cavalos montados por homens perigosos a assustou, e ela tropeçou. A jovem Alma deixou sua cesta cair aos pés de um jovem proprietário de loja. Sentindo que os cavaleiros trariam problemas, o dono da loja deu um passo à frente e implorou que eles fossem embora.

Enquanto eles se afastavam, o jovem ajudou Alma a se levantar e pegou a cesta dela. Foi a primeira vez que os avós de Mirabel, Alma e Pedro, se encontraram.

Mais tarde, em frente à loja, Pedro costurou um rasgo no vestido de Alma. Ela o observou, e o amor dela ficava mais forte a cada minuto que eles passavam juntos. Embora a aldeia ao redor deles estivesse passando por problemas, Alma e Pedro se apaixonaram e estavam determinados a ficar juntos. Fizeram planos e se casaram. Nos degraus de uma pequena igreja, os recém-casados seguravam uma vela entre eles.

Era a mesma vela que tinha acabado de ser destruída, a vela que deu origem ao Encanto.

Pela primeira vez, Mirabel entendeu que a vela mágica sempre fez parte da família Madrigal. Antes mesmo da magia, ela estava lá, brilhando com sua luz constante sobre o novo amor de seus *abuelos*.

Alguns meses depois, a jovem Alma estava com Pedro em sua modesta casa. Ela tinha acabado de compartilhar a notícia de que estava grávida – de trigêmeos! Pedro fingiu desmaiar, depois lhe deu um forte abraço.

Na noite em que os trigêmeos nasceram, Pedro e Alma olharam para eles com amor verdadeiro, mas fora da casa houve um grande clarão de luz. As casas estavam em chamas, e cavaleiros sinistros passavam ameaçando os habitantes da cidade. O casal olhou para as crianças e depois para os olhos um do outro. Não havia escolha: eles tinham que sair e encontrar um lar mais seguro.

Os *abuelos* de Mirabel embalaram tudo o que podiam. Ao saírem pela porta, Pedro parou e pegou mais uma coisa: a vela do casamento deles. Com a vela como guia, Alma e Pedro partiram noite adentro, seguidos por outras famílias. Caminharam a noite toda até chegarem a um rio. Era o mesmo rio que Mirabel e Abuela Alma estavam admirando.

A cada passo através do rio, Pedro encorajava Alma a seguir em frente. Suas palavras e seus olhos amorosos a confortavam. De repente, houve um barulho atrás deles. O som dos cavalos relinchando indicava que os cavaleiros estavam chegando. Todo o grupo correu, espalhando-se do outro lado do rio. Quando o caos tomou conta, Alma ficou com horrorizada. O que aconteceria com seus bebês? Ela os abraçou com força. Ao ver o medo nos olhos da esposa, Pedro soube o que deveria fazer.

Ele gentilmente ergueu o rosto dela e se aproximou. Os olhos dele diziam a ela que tudo ficaria bem. Ele beijou cada um de seus bebês, depois beijou Alma, cheio de amor. Fitou os olhos dela e fez a promessa de que ela iria sobreviver, ela iria prosperar. Seus filhos encontrariam um novo lar e teriam uma vida melhor. Pedro beijou a esposa uma última vez e correu em direção aos cavaleiros. Ele tentou detê-los e implorou pela vida de sua família. Impiedosos, os cavaleiros ignoraram os apelos e, num piscar de olhos... Pedro desapareceu.

Enquanto as outras famílias entravam em pânico, Abuela olhou para o rio e depois para seus bebês. Os homens a cavalo estavam se aproximando. Ela caiu de joelhos, assustada e com o coração partido. Ela segurou a vela e implorou à terra que poupasse seus bebês. Enfiou as mãos no solo molhado. De repente, o chão ao redor dela começou a brilhar, e os cavaleiros cruéis foram empurrados para trás por uma explosão poderosa. A vela ficou mais brilhante e cheia de magia.

Alma olhou para cima e descobriu que eles tinham sido salvos! As outras famílias se reuniram ao redor, maravilhadas com o que ela havia feito. Começaram a festejar, mas a jovem olhou para o rio onde havia visto seu amado Pedro pela última vez. Então, montanhas se ergueram magicamente, e o lugar onde ele morreu foi coberto para sempre.

Em seu quarto na nova casa, a jovem Alma estava sozinha e com o coração partido. Ela observou seus bebês e percebeu que não poderia ficar de luto para sempre. Seus filhos precisavam que ela fosse forte. Ela deveria cumprir a promessa que Pedro havia feito. Deveria se esforçar sempre para ter uma vida melhor.

Da mesma forma que Pedro havia usado a vela para guiá-los naquela noite, ela colocou a vela na janela para guiá-la também. Alma saiu da casa determinada a fazer valer o sacrifício de Pedro.

À medida que o tempo passava e seus filhos cresciam, seu domínio sobre a família aumentava, assim como suas demandas e expectativas. Cada membro tinha que deixar a família Madrigal orgulhosa! Eles tinham que ser dignos do milagre! Com o tempo, nasceram netos, e cada um deles recebeu um dom... exceto Mirabel.

Depois da noite em que a porta não se iluminou para Mirabel, Abuela começou a evitá-la. Mais tarde, as rachaduras apareceram, ameaçando tudo o que Alma havia prometido a Pedro. Sua casa, sua bela e animada Casita, era agora uma pilha de escombros, e a família estava dividida e brigada.

Abuela não podia fazer nada além de segurar com força a corrente que mantinha na cintura. Ela sentiu que tinha fracassado.

A voz de Abuela trouxe Mirabel de volta ao presente, e as duas olharam para o outro lado do rio.

— Recebi um milagre, uma segunda chance, e tive tanto medo de perdê-lo que acabei esquecendo que o sacrifício dele foi pela família — disse Abuela com um olhar derrotado. — Se Pedro pudesse me ver agora, ficaria muito decepcionado — continuou ela, olhando para a neta. — Você nunca machucou nossa família, Mirabel. Estamos despedaçados por minha causa. — As palavras saíram da boca de Abuela, e ela pareceu chocada por ter admitido aquilo em voz alta.

Mirabel olhou para a avó e entendeu por que ela tinha sido tão dura e tão forte por tanto tempo. Abuela havia passado por tanta coisa: fugiu de casa, perdeu o marido e criou três filhos sozinha. Depois de tudo o que viveu, achou que tinha que proteger a família. Enquanto as duas estavam ali sentadas, uma borboleta voou sobre um junco no meio do rio.

Mirabel olhou para o inseto, paralisada. Onde ela tinha visto aquela borboleta antes? Na visão! Bruno havia dito para seguir a borboleta. Mirabel teve uma ideia. Ela tirou os sapatos e desabotoou os de Abuela também. De mãos dadas, entraram juntas na água.

— Há muito tempo, você e Abuelo tiveram que fugir de casa — disse Mirabel. Elas entraram mais fundo no rio. — Você aguentou tanta coisa por tanto tempo porque não há nada mais importante para você do que a nossa família. Fomos salvos por sua causa. E não existe mais nenhum fardo que você precise carregar sozinha, porque nós carregaremos com você qualquer coisa que surgir em nosso caminho.

Quando Abuela compreendeu as palavras de Mirabel, seu coração se abriu. De repente, o sol apareceu por entre as nuvens, iluminando o rio.

Abuela olhou para a neta com admiração. Pela primeira vez, ela enxergou a essência de Mirabel.

— Eu pedi ajuda ao meu Pedro. Mirabel, ele me enviou você — disse ela, exalando amor e orgulho. Com carinho, Abuela tocou o rosto de Mirabel. Quando ela abraçou a neta, a água rodopiou e centenas de borboletas foram para o alto, batendo as asas. Mirabel e sua *abuela* as observavam com lágrimas escorrendo pelo rosto. Quando elas deram as mãos e voltaram para a margem do rio, veio uma alta comoção das árvores.

— Não é culpa dela! — gritou Bruno de cima de um cavalo. Ele pulou e confrontou Abuela. — Eu dei a ela uma visão! Fui eu. Eu falei para ela ir, e ela... *uuhff, arrff*, ela só queria... ajudar — gaguejou ele, sem fôlego. — Eu... não me importo com o que você pensa de mim, mas se você for teimosa demais para, simplesmen...

Abuela o silenciou com um abraço longo e amoroso.

— *Brunito* — disse ela, baixinho.

Bruno olhou para Mirabel, confuso.

— Sinto que perdi algo importante — falou ele.

— Vamos! — exclamou Mirabel, pulando no cavalo. Ela ajudou Abuela a subir, depois ajudou Bruno.

— O que está acontecendo? Aonde estamos indo? — perguntou ele.

— Para casa — disse Mirabel.

Eles saíram cavalgando, seguindo o rastro das borboletas de volta para o Encanto.

Capítulo dezenove

De volta às ruínas da Casita, a escuridão pairava sobre a terra. A família e os habitantes da cidade não podiam fazer nada a não ser ficar em choque com a destruição que os cercava. A família de Mirabel estava caída, desanimada e sem saber o que fazer. Seus poderes tinham ido embora! A casa havia desabado. A cidade inteira estava desmoronando. E ninguém conseguia encontrar Abuela e Mirabel.

O pequeno Antonio, sentado nos ombros de Pepa, notou uma luz cintilante. Ele bateu na mãe gentilmente e apontou para a imensa luz que vinha na direção deles. Pepa olhou para cima. Era Mirabel, montada num cavalo com Abuela abraçada a ela! Tio Bruno também estava lá! Atrás deles, um bando de borboletas esvoaçava em uma luz brilhante e mágica que afastava a escuridão. A família ficou chocada com o que viram. Os habitantes da cidade observavam, maravilhados.

Mirabel parou em frente à casa em ruínas. Por um segundo, ela foi pega de surpresa pela destruição, mas não se deixou abalar.

— Mirabel! — exclamou Julieta. Ela agarrou a filha em um abraço, aliviada ao ver que a garotinha estava segura. — *Ay, mi amor*, eu estava tão preocupada.

— *Mamá*, nós vamos ficar bem — insistiu Mirabel.

A família se reuniu ao redor de Mirabel, e ela começou a compartilhar o que tinha acabado de ver e testemunhar perto do rio. Abuela Alma se aproximou, trazendo Tio Bruno de volta para a família.

A família mal podia acreditar. Bruno estava de volta! E os outros não estavam com medo – a verdade é que sentiam muitas saudades dele! Em todas as histórias sobre Bruno, eles tinham se esquecido de sua voz suave, de sua gentileza e de sua criatividade.

Um a um, todos compartilharam seus sentimentos sinceros, seus medos e seus desejos. Pela primeira vez, eles revelaram sua verdadeira essência. Depois de tanto tempo, era a primeira vez que estavam se conhecendo de verdade. Mas, desta vez, estavam enxergando a realidade.

Eles começaram a recolher os escombros ao redor, pedaço por pedaço. Os habitantes da cidade deram um passo à frente, sem saber o que fazer, mas querendo ajudar. A família Madrigal logo aceitou a ajuda e começou a reconstruir a Casita: uma pedra, uma parede e uma porta de cada vez.

O belo Mariano Guzmán correu para o lado de Dolores e a ajudou. Ela sorriu para ele com um brilho nos olhos. E, conforme a família e as pessoas da cidade trabalhavam noite adentro, os escombros mais uma vez começaram a dar forma à Casita.

Assim que terminaram, Mirabel e a família ficaram na frente de sua casa para inspecionar o trabalho. As pessoas começaram a acender velas, admirando Casita à sua frente. Estava quase pronta. Só faltava uma coisa.

Abuela entregou para Mirabel a última peça: uma maçaneta.

Mirabel parou na frente da porta, olhando para o próprio reflexo na maçaneta em sua mão.

Ela colocou a maçaneta na porta e *vuush*! A casa voltou à vida! Borboletas começaram a sobrevoar o Encanto em um fluxo de luz cintilante! Quando os poderes da família Madrigal foram restaurados, Mirabel ficou na frente da casa. Ela sorriu. A visão de Bruno havia se concretizado.

A casa acenou para Mirabel. A garota acenou de volta.

— *Hola*, Casita.

Epílogo

A magia voltara para a Casita e, mais uma vez, o sol nascia brilhante sobre o Encanto. Abuela e Mirabel colocaram a vela de volta ao pátio, onde seu brilho mágico pulsava mais forte do que nunca! E a vela continuava a lembrar a família não apenas do sacrifício feito por eles, mas de que eles brilhavam por causa de seu próprio valor. Não por causa de seus dons.

A família recebeu Tio Bruno de braços abertos, e ele nunca mais teve que jantar sozinho. E as histórias de amor proibido no teatro de ratos fizeram sucesso com todos!

Luisa continuou com seu trabalho árduo, mas também tirava um "merecido descanso" sempre que queria. Isabela passou a ser a "Senhorita Perfeita" das plantas mais imperfeitas e selvagens da cidade! E Dolores casou-se com o amor de sua vida: o lindo Mariano Guzmán! A cerimônia de casamento foi celebrada por todos da cidade.

Quanto a Mirabel...

Um dia, de brincadeira, a família colocou uma venda em seus olhos para fazer uma surpresa especial. Eles conversavam e riam enquanto a guiavam pela casa até a porta do quarto dela. Quando tiraram a venda dos olhos de Mirabel, ela deu um sorriso de orelha a orelha! Cada membro da família tinha decorado a porta da garota com algo que refletia o próprio dom especial. A porta era feita de magia e brilhava com amor. Ela finalmente tinha sua porta especial!

Mais tarde, na cidade, Mirabel tocou sua sanfona e compartilhou a história do milagre e dos dons mágicos com as crianças, que ouviram com atenção.

— Muitas pessoas me perguntam sobre minha família, e eu sempre digo a mesma coisa: nossa família é exatamente como a *sua* família. Todos foram mesmo abençoados com um dom mágico? — continuou Mirabel. — Bem, às vezes, nossos dons são mais difíceis de ver do que os dos outros. Às vezes, nossos dons são diferentes do que a gente imagina. E, às vezes, se a gente olhar bem de perto... se abrir bem os olhos... podemos descobrir que nunca terá... — disse Mirabel. — Esperem, não, desculpem... que nunca necessitamos de um dom. Vocês entenderam a ideia!

Então, *puf*! Fizeram um novo retrato de família. Nele, todos estavam fazendo sua careta mais bobinha. E sabe a melhor parte? A foto foi pendurada na parede da família. Mirabel não era mais invisível. Ela estava bem no meio do retrato... Ela era parte daquela família.

Editora Planeta Brasil | 20 ANOS

Acreditamos nos livros

Este livro foi composto em Adobe Garamond Pro e impresso pela Geográfica para a Editora Planeta do Brasil em fevereiro de 2023.